北町奉行所前腰掛け茶屋　朝月夜／目次

本書は、2017年5月当社より単行本として刊行されたものに、書き下ろしを加えて文庫化したものです。


この作品に対する皆様のご意見・ご感想をお待ちしております。

おハガキ・お手紙は以下の宛先にお送りください。

【宛先】

〒150-6008 東京都渋谷区恵比寿4-20-3 恵比寿ガーデンプレイスタワー8F
（株）アルファポリス　書籍感想係

ご感想はこちらから

メールフォームでのご意見・ご感想は右のQRコードから、
あるいは以下のワードで検索をかけてください。

エタニティ文庫

辣腕上司の甘やかな恋罠

綾瀬麻結

2020年10月15日初版発行

文庫編集－熊澤菜々子・塙綾子
発行者－梶本雄介
発行所－株式会社アルファポリス
〒150-6008 東京都渋谷区恵比寿4-20-3 恵比寿ガーデンプレイスタワー8F
TEL 03-6277-1601（営業）　03-6277-1602（編集）
URL https://www.alphapolis.co.jp/
発売元－株式会社星雲社（共同出版社・流通責任出版社）
〒112-0005 東京都文京区水道1-3-30
TEL 03-3868-3275
装丁イラスト－ひのき
装丁デザイン－ansyyqdesign
印刷－中央精版印刷株式会社

価格はカバーに表示されてあります。

落丁乱丁の場合はアルファポリスまでご連絡ください。

送料は小社負担でお取り替えします。


ISBN978-4-434-27979-9 C0193

吉田雄亮

北町奉行所前腰掛け茶屋
朝月夜

実業之日本社

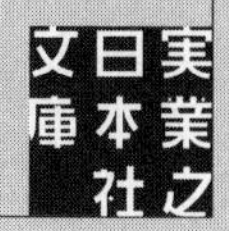

第一章　府中名物安倍川餅

一

夜がしらじらと明けていく。

月輪が、まだ西の空に残っていた。

仄白(ほのしろ)い光を発している。

見事な朝月夜(あさづきよ)であった。

その月を、ひとりの女が見上げている。

女は、北町奉行所前にある腰掛茶屋のそばに立っていた。

この刻限に、女がいる。

不可思議なことであった。

江戸市中から北町奉行所の前までやってくるには、呉服橋御門を通り抜けねばならない。

呉服橋御門は、二万石余の外様大名の家臣たちが警固している。

開門されているのは明六つ（午前六時）から暮六つ（午後六時）まで、と定められていた。

ただし、暮六つから明六つの間は、真夜中の九つ（午前零時）まで潜り戸のみ通行が許されていた。が、女が通るときは、手形をあらためる決まりになっている。

女は、年の頃は二十歳前、出で立ちからみて町の娘とおもわれた。

明六つ前の、つかの間の朝月夜のころに、腰掛茶屋のそばにうら若い娘が立っている。

北町奉行所前の、この一帯に立ち入るためには、昨日の暮六つ前に呉服橋御門を通り抜けなければならない。

暮六つ前に曲輪内に入り、どこぞに潜んでいなければ、ここにいることは叶わぬ娘であった。

娘が大きなため息をつく。

ほつれた髪を撫(な)で上げた娘には、どこかやつれた様子が見えた。

柱に寄り添って、娘がしゃがみこむ。

さらに身を低くしてうずくまった。

身動きひとつしない。

娘は、こんもりと盛り上がった塊(かたまり)と化していた。

二

八丁堀(はっちょうぼり)にある、北町奉行所非常掛り与力松浦紀一郎(まつうらきいちろう)の屋敷の離れでは、隠居して北町奉行所前の腰掛茶屋の主人になった松浦弥兵衛(やへえ)が、一枚の紙を手に、悪戦苦闘していた。

手にした紙は、東海道府中(ふちゅう)宿の名物〈安倍川餅(あべかわもち)〉の作り方を記した覚書の控えだった。

いままで弥兵衛は、安倍川餅を食べたことがない。

が、伊勢参りへ出かけた江戸っ子たちの噂話や旅の手引書に書かれた、安倍川餅は美味い、という評判を聞くたびに、弥兵衛は、いつか作って、茶屋で客に食べてもらいたい、と思っていた。

いまは町人髷に結い、茶屋の主人然とした風体をしているが、嫡男紀一郎に家督を譲るまで、弥兵衛は北町奉行所例繰方の与力だった。

例繰方とは、お仕置にかかわる刑法例規取調、書籍編集を司る役向きである。

南北両町奉行所内において、

〈与力・同心にとって、御法度を習う教場の如し〉

と評されるほどの、厳格極まる部署であった。

弥兵衛は見習い与力として出仕したときから退任するまで、内役の例繰方として、この間北町奉行所が扱った事件のすべてを、調書をもとに書き記し、編纂してきた。控えてきた事件のあらかたは記憶している。けっして豪語ではなく、それが唯一、弥兵衛の自慢するところであった。

殺伐としたお仕置についてしたためる日々を送っていた弥兵衛の、唯一の楽しみは料理をすることだった。菜を作るだけではない。甘味作りにも熱心に取り組んだ。

弥兵衛が料理に興じたのには、わけがあった。

妻の静が、紀一郎を産んだあと、産後の肥立ちが悪く急死したために、やむなく始めたのだった。

町会所掛りや高積見廻り、昼夜廻りなどの外役の与力には、大名家や大店からの付け届けなどの余禄がある。そのおかげで石高以上に内証は豊かだった。

が、同じ与力でありながら、内役の例繰方は余禄には無縁の存在だった。

しかし、与力としての世間体は保たねばならない。若党ひとりに中間ひとり、合わせてふたりの奉公人を雇っている。決して余裕のある暮らしぶりではなかった。

いままで静がひとりで支度していた食事づくりを、男三人で手分けしてやりながら、紀一郎の世話をする。そんな日々がつづいた。

乳飲み子を抱えて苦労している弥兵衛を見かねて、隣の屋敷の主、年番方与力中山甚右衛門の父左衛門が、渋る弥兵衛を説得して、懇意にしている口入れ屋に下女の手配を頼んでくれた。

その口入れ屋の仲介で屋敷に奉公してくれたのが、二十歳のお松だった。

小太りで丸顔、どんぐり眼のお松は、よく気のつく気のいい女だった。お松は独楽鼠さながらに身軽に動き回り、紀一郎の子守に掃除、炊事と陰日向なく働いてくれた。

お松は、大工だった亭主が酒の上の喧嘩で、土地のやくざに刺し殺されて、若後家になったばかりだった。千住宿にある実家は貧しく、江戸の御店に奉公していたときに亭主と知り合い、夫婦になって三年目の凶事であった。

「生家には帰れません。一生奉公の覚悟でいます。働かせてください」

初めて顔を合わせたとき、畳に額をすりつけんばかりにして頭を下げたお松の必死な面持ちは、いまでも弥兵衛の瞼に焼き付いている。

ことばどおり、お松は紀一郎の面倒を見ながら、細やかに弥兵衛の世話をしてくれた。

歳月は流れ、いまではお松は五十の齢を数えている。

隠居を間近に控えた弥兵衛は、北町奉行所の前にある茶屋の親父が、老齢になったため茶屋を売りに出す、という話を聞き、言い値で茶屋を買い取ったのは、陰日向なく務めてくれたお松の行く末を案じたからでもあった。

一刀流免許皆伝の腕を持ちながら、弥兵衛がその業前を役に立てることができない例繰方に配されたのは、父、弥右衛門のせいであった。

弥右衛門は頑固で不器用、世渡り下手で、やたら道理を振りかざし、正論を吐いて譲らぬ性格ゆえに、上役同役たちから疎まれ、厄介者扱いされていた。

そんな上役同役たちは、家督をついだ弥兵衛にも、疎ましげな目を向けた。

まさに、触らぬ神に祟りなし、の諺どおり、弥兵衛は出仕した初日から、上役同役たちと口をきく機会の少ない、例繰方に追いやられたのであった。

三

（いつか安倍川餅を作ってみたい）

つねづねそう思っていた弥兵衛は、隠居した与力仲間が伊勢参りに行くことを聞きつけ、府中宿で安倍川餅を食べ、その見世で安倍川餅の作り方を教えてもらってきてくれないか、と頼み込んだ。

もちろん、作り方の指南代や食べる安倍川餅の代金、さらにお伊勢参りへ行くことへの祝儀も包んだ。

心遣いをありがたく思ったのか、元同役は弥兵衛の頼みを快く聞き入れてくれた。

元同役が持ち帰ってくれた、府中宿の茶屋の主人が書いた安倍川餅の作り方の覚書を書き写した控を、いま弥兵衛は手にしている。

首をかしげた弥兵衛は、再び控に目を注いだ。

安倍川餅の名は、安倍川に由来する。

江戸時代の初期、安倍川の上流では、砂金が採掘されていた。

川辺には、採掘場の人足や砂金を買い取るためにやってきた商人相手の茶屋が多数建ちならんでいた。

それらの茶屋では、つきたての餅にたっぷりと黄な粉と砂糖をまぶした甘味を、お茶うけとして出していた。

ある日、そんな茶屋の一軒に、安倍川を渡るために徳川家康の一行が立ち寄った。

出された甘味の、あまりのおいしさに興味がわいたのか、家康が店主に甘味の名を訊いた。

その品には、まだ名がついていなかった。

返答に窮（きゅう）した店主が、咄嗟（とっさ）に思いつくまま応じた。

「安倍川の砂金に見立てた金粉餅」

うむ、とうなずいた家康は、

「類（たぐ）いまれな美味、金粉餅という名、この甘味にはふさわしくないような気がする。安倍川餅と名付けよう。これより安倍川餅として商いせよ」

とこたえた。

安倍川餅の名の由来は、そう伝えられている。

昨日、安倍川餅をつくった弥兵衛は、安倍川餅を食したことのある、伊勢参りへ出かけた元同役の屋敷を訪ねた。

「この味で間違いないかどうか、あらためてくれ」

と持ってきた安倍川餅を、同役の前に置いた。

「味見しよう」

箸を手にして、安倍川餅をはさみとった。

口に入れる。

味わっているのか、ゆっくりと噛んだ。

食べ終わるのを見届けて、弥兵衛が訊く。

「どうだ」

首をひねって、同役が応じた。

「味は似ている。しかし、歯触りが、な」

「違うか」

「だいぶ、違う。もっと柔らかくて、粘り気があった。それと」

「それと、何だ」

「食べた後、口に残る甘みが、もう少しまろやかだった」

「そうか」

うむ、と黙り込んだ弥兵衛に元同役が問うた。

「初めて作ったのだろう」

「そうだ」

「なら、無理はない。作り方の指南書を入手して、指南書どおり作っても、そう簡単に本場の味を出せるともおもえぬ。乗りかかった船だ。何度も味見してやる。できたら、また持ってきてくれ」

そう言って、微笑(ほほえ)んだものだった。

食い入るように弥兵衛は手にした控を見つめている。

皿に盛った安倍川餅を、指でつまんで口に入れる。

ゆっくりと口を動かす。

元同役のところへ持っていったものと変わらぬ味だった。

再び、控に目を落とす。

控には、

〈安倍川餅には、つきたて、あるいは湯通しした餅を用いる。餅にはたっぷり黄な粉をまぶす。その上に、白砂糖をかける。黄な粉に砂糖を混ぜてはいけない。砂糖の湿気が、黄な粉に移るのを避けるための手立てである〉

茶屋にくる客たちは北町奉行所に呼ばれてきた町人たちである。さまざまな問題を抱えている。客によっては、餅をつく音が癇にさわる者もいるだろう。茶屋に臼を持ち込んで、餅をつくわけにはいかない。

弥兵衛は、ついた餅を湯通しする作り方を選ぶしかなかった。

とうに明六つを過ぎている。

安倍川餅づくりに励む弥兵衛を残して、お松とお加代は暁七つ半（午前五時）前に出かけている。

（お松たち、茶屋に着いたかな）

胸中でつぶやいた弥兵衛は、お松とお加代に思いをはせた。

四

茶屋へ向かって歩いていたお松が、不意に立ち止まった。

つられたように、お加代も足を止める。

顔を向けて、訊いた。

「どうしました」

茶屋を見つめたまま、お松が応じた。

「誰かいる」

「どこに」

「柱の向こう」

「柱の？」

問いかけたお加代が、お松の視線の先に目を走らせた。

柱の向こう側から、顔をのぞかせてふたりを見ている娘がいる。

しゃがんでいるのか、見えている顔の位置が低い。

目を凝(こ)らしたお加代が、おもわずつぶやいた。

「お葉(よう)ちゃん？」

「お葉ちゃんだって。知った顔かい」

訊いてきたお松を振り向こうともせず、娘に目を注(そそ)いだまま、お加代が声を高めた。

「間違いない。お葉ちゃんだ」

気づいたのか、立ち上がったお葉が、柱の陰から出てきた。

「知り合いなんだね」

問いを重ねたお松にお加代が、

「幼馴染み」

短くこたえた。

お加代に目を注いだまま、お葉が駆け寄ってくる。

無言で、お加代も歩み寄った。

そばにきたお葉が、お加代に話しかける。

「お加代ちゃん。会えてよかった」

安堵したように満面を笑み崩したお葉が、縋りつかんばかりにお加代の手をとった。

「どうしたの。いつ江戸に出てきたの」

当惑をあらわに、お加代が訊く。

「いろいろあって」

「いろいろ？」

さらに問うたお加代に、お松の声がかかった。

「ここは顔見知りが多いところ。とりあえず見世に入りましょう」

ふたりのそばを通り過ぎたお松が、そのまま茶屋へ向かって歩を運んでいく。

無言でお松を見やってうなずいたお加代が、お葉に顔を向けた。

「見世で話そう」

一瞬、お葉が戸惑いをみせた。

いきなりお葉の手をとって、お加代が笑いかける。

「行きましょう」

「わかった」

笑みを返したお葉を引っ張るようにして、お加代が足を踏み出す。

手をつないだまま、お葉も歩を移した。

五

お加代は、弥兵衛の相方として茶屋を支えてくれているお松の遠縁で、千住宿の鍼医師の娘だった。

愛嬌たっぷり、野に咲く花のように可憐で、大きな黒目がちの目に、ほんのり色気のある美形のお加代は、茶屋の看板娘として評判をとっている。

が、その容貌とは裏腹にお加代は、身を守るために鍼医師の父が鍛錬していた吹針を、見様見真似で身につけていた。それも生半可なものではない。百発百中といってもいいほどの腕前であった。


茶店の板場で、お松が見世を開く支度をしている。

茶碗や皿、丸盆などを布巾で拭っていた。

手を止めたお松が、気になるのか見世のほうを見やった。

「何か事情がありそうだ。支度はあたしがやるから、お葉ちゃんから話を聞いておくれ。あたしが話にくわわると、お葉ちゃん、何かと話しにくいだろうから」

一緒に働き始めたお加代に、お松はそう告げていた。

一目見たときからお松は、お葉には、どこか暗い翳があると感じていた。

(お葉ちゃんの話、あたしが直に聞くべきだったかもしれない)

いまさら、話にくわわるわけにはいかなかった。

すっきりしない気分を引きずりながら、お松は丸盆を拭き始めた。

板場近くの仕切られた一画で、酒樽に腰をかけたお加代とお葉が飯台をはさんで話している。

お葉は、お加代と同じ年で、千住宿で煮売り商いをしている、井坂屋の娘であった。家が近くだったこともあり、家族ぐるみで付き合っていた。お葉には兄と妹がいる。幼いころお加代は、お葉はもちろん、兄妹とも幼馴染みで、遊び仲間でもあった。

お葉の話にお加代は、心底驚いていた。

何とお葉は、三カ月ほど千住宿の普請場で働いていた、流れ大工の銀八と恋仲になり、誘われるまま江戸へ駆け落ちしてきたというのだ。

茶屋にお葉が訪ねてきた理由は、江戸へ出てきて三日目の昨日、ふたりで遊びに行った浅草の風雷門の前で、

「用を思い出した。すぐもどるから待っていてくれ」

と言い出した銀八のことばを信じて、昼前から待っていた。

が、日が落ちても姿を現さない。

江戸へ出てきてから、大工の兄貴分の住まいに転がり込んで、銀八ともども居候(いそうろう)していた。

(何かあったのかもしれない。町中にいるより、居候先で待とう)

帰ったら、怪訝(けげん)な顔をされた。

「銀八は、荷物を持って出て行ったよ」

と兄貴分から言われ、

「そんな馬鹿な。とりあえず上がらせてください」

と頼み込み、部屋に入ったら何ひとつ残っていなかった。

「あたしの荷物もない」

途方に暮れたお葉に、兄貴分は、

「おまえさんは、銀八に捨てられたんだ。可哀想だから今夜一晩泊めてやろう。田舎へ帰るんだな」

とだけいい、部屋から出て行った。

翌朝、兄貴分に挨拶(あいさつ)して、その家を出てきた。

（いまさら千住には帰れない。どうしよう）

思案しながら歩いているうちに、お加代が北町奉行所前の茶屋で奉公していることを思い出した。

それで、昨夜、暮六つ少し前に浅草御門を通り抜けて、どう話そうかと迷いながら、曲輪内をうろついていた。

ありのまま包み隠すことなく、すべて話そう、と決心して茶屋へきてみたら、すでに見世は閉まっている。

仕方なく、茶屋のそばに身を潜めて一晩過ごし、来るのを待っていた。

そう告げて、お葉はお加代を見つめた。

予想もしなかった話に、困惑してお加代は黙り込んだ。

不安そうに、お葉はお加代に目を注いでいる。

ため息をついて、お加代が口を開いた。

「どうしたらいいのか、あたしにはわからない」

「力になってほしい。たすけて」

蚊の鳴くようなお葉の声だった。

絞り出すように応じた。

「あたしは、ただの奉公人。お松さんに相談してみる」

「お願い。何とかして」

縋(すが)るように身を乗り出す。

「話してくる。待っていて」

か細い声でこたえ、お加代が立ち上がった。

六

板場に入ってきたお加代を見て、お松が言った。

「お葉ちゃんのことかい」

「ええ」

うなずいたお加代に、ちらり、と見世へ目を走らせてお松が応じた。

「裏で話そう」

「なぜここでは」

言いかけてお加代は、黙り込んだ。

ことばに含まれた意味を察したからだった。

「わかりました」

微笑んだお松が、

「行こう」

持っていた布巾を作業台に置いて、お松が歩き出した。お加代がつづく。

板場から見世に出てきたお松が、笑みをたたえてお葉に目を走らせ、通り過ぎた。

お加代は曖昧な笑みを浮かべたまま、そばを通る。そんなふたりを、お葉が食い入るように見つめていた。

茶屋から出たところで、お松が足を止めた。

「旦那さまだ」

「旦那さまが」

振り向いて、お加代が見やった。

手ぶらで歩いてくる弥兵衛がいる。

「風呂敷包みを下げていない。作ってはみたものの、安倍川餅のできがよくなかったんだね」

独り言のようにお松がつぶやいた。

表に出ているふたりに気づいて、早足で弥兵衛が近づいてきた。

「どうした？」

話しかけてきた弥兵衛に、お松がこたえた。

「いろいろあって。裏で話しましょう」

「いろいろ、とは」

訊いてきた弥兵衛に、お松が見世の奥に視線を向けた。

「誰か、いるのか」

わきからお加代が声を上げた。

「あたしの幼馴染みが」

うむ、とうなずいて弥兵衛が告げた。

「話を聞こう」

裏へ向かって、さっさと歩き出す。
顔を見合わせたふたりが、無言で弥兵衛にしたがった。
対岸の呉服町には、酒問屋が建ちならんでいた。
内濠（うちぼり）を、荷を積んだ船と積荷をおろした船が行き交っている。
荷船から下ろした酒樽を大八車に積み込んで、酒問屋へ運んで行く。
いつ見ても、活気あふれる光景だった。
そんな様子を、ぼんやりと眺める。弥兵衛にとって、安らぐひとときであった。
が、今日は違った。
お加代から話を聞き終えた弥兵衛は、一瞬、黙り込んだ。
顔を向けて、訊いた。
「お加代はどうしたいのだ」
必死の面持ちでこたえた。
「お葉ちゃんは幼馴染み。その幼馴染みが困っている。何とかたすけてやりたい」
お松が口をはさむ。

「旦那さま、あたしからもお願いします」

「そうよな」

首を傾げた弥兵衛が、一呼吸おいて告げた。

「行き場のない娘だ。突き放すわけにもいくまい。しばらくの間、離れに住み込ませ、茶屋で働いてもらおう」

「旦那さま、恩に着ます。お葉ちゃんは、あたしの部屋に住まわせます」

「ありがとうございます」

相次いで声を上げ、お加代とお松が頭を下げた。

七

その日からお葉は、茶屋で働き始めた。

昼過ぎにやってきて、外の縁台に座った常連の半次(はんじ)と啓太郎(けいたろう)は、身を乗り出すようにして、見世のなかで茶を運ぶお葉をのぞき見ている。

ふたりは捕物好きで、弥兵衛が事件の探索を始めたら、頼まれもしないのに手伝う、弥兵衛の配下ともいうべき存在だった。

半次は定火消屋敷の表門の前に捨てられていた孤児で、定火消人足頭の五郎蔵に育てられた。

威勢がよくてがらっぱちの、生粋の江戸っ子に見える半次だが、茶屋が忙しいときは、すすんで後片付けを手伝ったりする、気遣いも持ち合わせていた。

年のころは二十代半ば、眉の濃い、目鼻立ちのはっきりした好男子で、稼業柄、敏捷な、切れ味鋭い動きをする。

同じ年頃の啓太郎は、細身で長身、どこか寂しげな切れ長の目が印象的な、眉目秀麗、歌舞伎の女形がつとまりそうな優男であった。が、実のところは、その外見とは真逆の、大の武術好きで無外流免許皆伝の腕前の持ち主だった。あくまでも噂だが、さる大店の妾腹の子だという話もある。

北町奉行所の例繰方の与力として勤めていたころ、弥兵衛は非常掛りなどの、捕物にかかわることができる役務につきたくて、何度も配置替えを願い出た。

が、捕物は、人の輪に溶け込むことができぬ者には不向きだ、といわれて、最後まで例繰方に留め置かれた。

探索にかかわりたい、という思いは消えることなく、いまもつづいている。

茶屋は、そんな弥兵衛の思いを満たすには、もってこいの拠点といえた。

北町奉行所前にある、弥兵衛がやっている腰掛茶屋の客は、北町奉行所で日々取り扱う喧嘩口論、金銭貸借、間男、盗み、火元争い、詐欺、横領、跡継ぎ争いなどの訴えや、孝子、義僕、節婦、奇特者への賞表、褒美(ほうび)を賜る(たまわ)ために呼び出された者たちがほとんどであった。

北町奉行所内の公事(くじ)控所が手狭なために、弥兵衛の茶屋は待合場所として利用されていた。

同じ役割の腰掛茶屋は、南町奉行所の前にもある。

茶屋の客たちが交わす噂話のなかには、事件になりそうなものも少なからずあった。

弥兵衛は、気になった噂話を探索し、何度も一件落着に導いている。

それらのなかには、例繰方として捕物控に書き記してきた、落着されていない事件も含まれていた。

北町奉行所例繰方の与力として勤め上げた弥兵衛が、腰掛茶屋の主人になったことを知った名主たちは、気軽に町内の揉め事の相談を持ちかけてくるようになった。

揉め事がこじれて事件になり、町奉行所が乗り出してくるような事態に陥ったら、調べのため、当事者だけでなく、大家はじめ、名主、地主、家主まで呼び出される。

その煩わしさを避けるために、町年寄、名主ら町役人たちは、できうる限り町内で揉め事を落着するように心がけていた。

そんな町役人たちにとって、例繰方として長年働いてきた弥兵衛は、願ってもない相談相手だった。

最初は弥兵衛に相談をもちかけてくるだけの相手だった町役人たちは、いまでは一件を探索するために手を貸してくれる仲間みたいな存在になっている。

しばらくの間、見世をのぞいてお葉の動きを目で追っていた半次と啓太郎だったが、それだけでは我慢できなくなったのか、手招きしてお加代を呼び寄せた。

近寄ってきたお加代に半次が声をかける。

「新しい娘が入ったのかい」

「何て名前だい」

ほとんど同時に、啓太郎も話しかけてきた。

呆れたように苦笑いして、お加代が応じた。

「お葉ちゃんというの。あたしの幼馴染みよ」

「幼馴染みなんだ」

「お葉ちゃんというのか」

相次いで、啓太郎と半次が声を上げた。

急に真顔になって、お加代がふたりを睨(にら)みつけた。

「ちょっかい出しちゃ駄目よ」

焦(あせ)って半次がこたえる。

「ちょっかいなんか出さないよ」

すかさず啓太郎が声を上げた。

「おれの気持ち、わかっているだろう」

　あわてて半次が言い足した。

「おれも同じ気持ちだぜ」

　ふん、とそっぽを向いたお加代が、

「何を言ってるのか、よくわからない」

　素っ気なく言い捨てて、背中を向けた。

　見世へ向かって歩き去る。

　しばしお加代の後ろ姿を見やっていた半次と啓太郎が、渋面(じゅうめん)をつくって顔を見合わせた。

第二章　蒔かぬ種は生えぬ

一

　働き出して四日目、屋敷の離れに帰り遅い夕飯を食べた後、あてがわれた部屋に入るなり、お葉が話しかけてきた。

「聞いてほしいことがあるの」

　眉間に縦皺を寄せたお葉に、お加代は驚いた。これまで、これほど深刻な面持ちを見たことがなかったからだ。

「どうしたの」

問いかけたお加代に、畳に目を落としてお葉が言った。

「銀八さんを捜してみたい。会って、あたしを捨てたわけを訊きたい。そうしないと気持の踏ん切りがつかない」

何とこたえていいか、お加代にはわからなかった。

呆気にとられてもいる。

茶屋の柱の陰に、隠れるようにしてうずくまっていたお葉の姿が、脳裏に浮かんだ。

黙り込んだお加代を、じっと見つめてお葉がことばを重ねた。

「お願い。こんなことを話せるのは、お加代ちゃんしかいない。ほんとにお願い。お松さんに、明日から、いつもの刻限より早く上がらせてくれるように頼んでみて。お願い」

胸の前で手を合わせて、深々と頭を下げた。

「あたし、役に立てない。お葉ちゃんをここにおいてもらっているだけでも、旦那さまやお松さんに申し訳ないと思っている。そんな優しさと好意に対して、これ以上、無理は言えない。勘弁して」

目をそらして、お加代が告げる。

「そんなこと、言わないで。もうあたしは、生まれ故郷の千住には帰れない。帰ったら、駆け落ちして男に捨てられた惨めな女と後ろ指をさされ、どんな扱いを受けるかわからない。わかって。あたしをたすけて。強く生き続けるために、気持の踏ん切りをつけたいの」

縋りついたお葉が、お加代の膝に顔を埋めた。

「お願い」

「お葉ちゃん」

つぶやいたお加代が、じっとお葉を見つめた。

声を殺して泣いているのか、お葉の背中が小刻みに揺れている。

手をのばして、お加代が、その背に触れようとした。

動きを止める。

迷っていた。

しばしの沈黙が流れる。

ややあって……。

のばした手を、お加代がゆっくりと引いていった。
膝に顔を埋めたまま、お葉は身動きひとつしない。
ため息をついたお加代が、強く目を閉じた。

二

夜具を敷いているお松のところへ、突然、お加代とお葉がやってきた。
部屋に入ってくるとき、お加代がお葉の手を引いていることに、お松は気づいていた。
その様子から、渋るお葉を、無理矢理お加代が連れてきたのではないかと思われた。
閉めた襖(ふすま)のそばにふたりが座る。
素知らぬ風を装って、お松が訊いた。
「どうしたの」
ちらり、とお加代がお葉を横目で見た。

うつむいたまま、お葉は身を固くしている。

申し訳なさそうにお松を見やって、お加代が口を開いた。

「お葉ちゃんが、お松さんにお願いがあるというので、夜も遅いけどきました。早いほうがいいとお葉ちゃんが言うので」

黙り込んでいるお葉を振り向いて、お加代が応じた。

「自分のことだから話して。さっきあたしがついてきてくれたら、自分で話すと約束したでしょ」

「それはそうだけど、なんか言いにくくて」

上目使いにお加代からお松に視線を走らせて、お葉が言いよどんだ。

「早く言うのよ。気が楽になるから」

じれたのか、お加代が急かす。

「実は」

口ごもって、お葉が黙り込む。

「どうしたの」

お松も声をかける。

うつむいたまま、お葉がか細い声で話し出した。

「気持の踏ん切りをつけるために、もう一度、銀八さんに会いたいんです。会って、あたしを捨てたわけを訊きたい。銀八さんを捜したいんです。お見世を早めに上がらせてください」

おもわず息を呑んで、呆れたようにお松がお加代に目を向けた。

申し訳なさそうに、無言でお加代が頭を下げる。

「会っても仕方がないと思うけど」

独り言ちて、お松がため息をついた。

重苦しい空気が漂う。

口を開いたのは、お加代だった。

「お松さん、旦那さまに、お葉ちゃんの頼みごと、相談してくれませんか」

「旦那さまが駄目だといわれたらどうするの、お葉ちゃん」

「そのときは」

肩を落として息を呑み、お葉が口ごもる。

じっとお葉を見つめて、お松が告げた。

「旦那さまが駄目だと言ったら、そのときは茶屋を辞め、離れから出て行くんだね。どうしても捨てた男を捜したいのなら、そうするしかない。いいね」

厳しい口調だった。

膝の上に置いた両掌（りょうて）を、お葉が強く握りしめる。

「お松さん、何かいい手はありませんか。お葉ちゃん、もう千住には帰れません。帰ったら、どんなめにあうか。可哀想です」

たまりかねたようにお加代が声を上げた。

「旦那さまの部屋へ行ってくる。ここにいて」

お加代を見向くことなく、お松が立ち上がった。

三

勝手で七輪（しちりん）に鍋をかけ、餅を湯通しするため湯を沸かしていた弥兵衛に、お松が呼びかけた。

「旦那さま、相談したいことがあります」

手を止めて、弥兵衛が振り向く。

「相談ごと？　急ぐのか」

「はい」

こたえたお松の顔に、険しいものがみえた。

（心配ごとができたのだ）

察した弥兵衛は、

「そうか」

と応じて、鍋を七輪から持ち上げた。

調理台に鍋を置き、弥兵衛が板敷きの上がり端に腰をかける。

近くにきてお松が座った。

お葉の頼み事のなかみを話し終えたお松は、

「あたしひとりでは決められないこと、どうしたらいいでしょうか」

と訊いてきた。

弥兵衛が首を傾げる。

わずかの間があった。

顔をお松に向けて、告げた。

「お加代の幼馴染みだ。無下には扱えぬ。お葉の気持を大事にしてやろう。早く上がってもかまわない。ただし、給金は働いた分ということにする。そのことを、お葉が承知すれば、問題はない。上がる刻限は、お松が決めてくれ」

「わかりました。心遣い、ありがとうございます。お加代ちゃんも一安心するでしょう」

「幼馴染みだ。お加代も何かと気に病んでいるだろう」

「何とか、立ち直ってもらいたい。端から見ても、気遣っているお加代の気持が伝わってきます」

「そうか」

こたえた弥兵衛が、笑みをたたえてことばを重ねた。

「早く部屋へもどって、わしのことばをふたりに伝えてやってくれ。お加代も余計な心配をしないで済む」

「たしかに。それではこれで」

会釈（えしゃく）して、お松が腰を浮かせた。

部屋に入ったお松が、ふたりの前に座るなり告げた。

「旦那さまは、許してくださった」

「ほんとですか」

「旦那さまが」

ほとんど同時に、お葉とお加代が声を上げた。

お葉を見つめて、お松が言った。

「昼八つになったら、見世を出ていいよ。ただし、遅くとも暮六つ半には、離れに帰ってきておくれ。それと、給金は働いた分しか払えない。それでいいかい」

目を輝かせて、お葉がこたえた。

「給金をもらえるだけでもありがたいです。恩に着ます」

深々と頭を下げる。

わきから、お加代が声をかける。

「よかったね、お葉ちゃん」

振り向いて、ことばを継いだ。

「ありがとう、お松さん」

安堵したのかお加代が、今までと打って変わって、和らいだ面持ちで笑いかけた。

四

お葉が昼八つ（午後二時）に上がるようになって二日目、茶屋の板場でたすきがけした弥兵衛が、安倍川餅を作っていた。

調理台には、安倍川餅を盛った皿が置かれている。

箸で餅を一切れつかみ、口に運んだ。

ゆっくりと食べる。

首を傾げた。

（つきたての餅に黄な粉をまぶし砂糖をふりかけたのと、湯通しした餅に同じ味付けをしたのでは、あきらかに味が違う。餅の噛み心地が味を変えているのかもしれない。つきたてでないと、安倍川餅の本当の味は出せないのかもしれぬな）

胸中でつぶやいた弥兵衛の耳に、

「本所中之郷、瓦職人卯吉、盗人捕縛助勢の功に対する賞表の一件、入りましょう」

とよばわる下番の声が飛び込んできた。

下番は、三勤一休、四日ごとに交代する。

今日呼び出しをかけている下番は、政吉だった。

が、声が違っている。

（新顔と代わったのかもしれぬ）

気になった弥兵衛が見世へ出て行く。

茶屋の客たちは、何らかの事情で北町奉行所から呼び出された者たちがほとんどであった。そのため、隣の飯台に座る者たちと顔を合わせないですむように、衝立で仕切られている。

表に近い仕切りの一画から、立ち上がった客たちが出てきた。

下番は、八丁堀風に小銀杏髷を結い、縞木綿の小袖の角帯を締めて、素足に草履履きといった出で立ちである。

弥兵衛のいる場所からは、下番の後ろ姿しか見えなかった。

風邪(かぜ)でもひいているのか、下番が大きなくしゃみをした。

懐(ふところ)から手ぬぐいを取り出し、鼻にあてて拭う。

鼻水が出ているのだろう。

鼻から手ぬぐいをはずして下番が、瓦職人たちを振り向いた。

その顔は、政吉のものだった。

瓦職人たちを先導して、政吉が北町奉行所へ向かって歩き去って行く。

(風邪のせいで、声が変わっていたのか)

苦笑いして、弥兵衛が板場にもどろうとしたとき、瓦職人たちがいた隣の仕切りから、客たちの話し声が聞こえてきた。

「いま大伝馬町(おおてんまちょう)の太物(ふともの)問屋〈恵比寿屋(えびすや)〉さんが、大変なことになっているようだ。上方(かみがた)売掛先からの入金が焦げ付いて、買掛金を払えなくなり、商人仲間に相談して上方の両替屋から、短期で高利の金を借りた。買掛金は支払えたが、両替屋の催促(さいそく)が厳しくて、返済が遅れるたびに利息を上げられ、店をとられそうになっているという話だ」

「そいつは大変だ。表向きはまっとうな両替屋として店を構えていても、実態は高利貸しと変わらない商いをしている商人もいる、と聞いたことがある。そうやって乗っ取った店を、高値でほかの大店に売りつけるというやり口らしい」

「潰れかかった店を買い取ったほうが、新たに株仲間に入るために、裏金を使って動き回ったりするなどの、面倒な手続きをやらなくてすむ。ほかの商売に乗り出したい大店には、安上がりな買物だろうよ」

「私らも気をつけなきゃ」

おもわず弥兵衛は足を止めた。

上方の両替屋ということばが気に掛かっている。

一年前、似たような話があり、名主から相談を受けた弥兵衛は、上方の両替屋を名乗る乗っ取り屋の一味を突き止め、未然に深川(ふかがわ)の油問屋の乗っ取りを阻止(そし)したことがあった。

乗っ取り屋の一味は、弥兵衛の背後に北町奉行所が控えていることを察知し、事件として扱える形をととのえる直前に、姿をくらましていた。

（あのときの一味が再び動きだしたのかもしれない。大伝馬町の太物問屋恵比寿屋

か。調べてみよう）

そう決めて、弥兵衛は板場へもどっていった。

調理台に置いていた作りかけの安倍川餅を、弥兵衛は皿から竹の皮に移し替えた。竹の皮で安倍川餅を包み込む。

七輪にかけ、湯を沸かしていた鍋を持ち上げ、流し台に湯を捨てる。鍋を洗い、棚に片付けた。

置いてあった鉄瓶(てつびん)を手にとる。

水瓶(みずがめ)から柄杓(ひしゃく)で水を汲み、鉄瓶に注いだ。

水を満たした鉄瓶を、七輪にかける。

茶屋では、湯を絶やすわけにはいかない。

弥兵衛の見世では、つねに火を入れたふたつの七輪に、それぞれ鉄瓶を一本かけていた。

「これでよし。つくったものの、いまひとつ満足できない安倍川餅は、お松に持ち帰ってもらおう。出かけるか」

うむ、と大きくうなずいた弥兵衛が、かけていたたすきをはずした。

五

茶を汲もうと板場に入ってきたお松が、弥兵衛の持ち物を置く場所と決められた棚の一画に、たすきをしまった弥兵衛を見咎めた。

「旦那さま、出かけられるのですか」

「まあな」

調理台に置いてある、竹の皮に包んだ安倍川餅を目で示して、弥兵衛がことばを継いだ。

「作ってみた安倍川餅を竹の皮で包んでおいた。満足のいく仕上がりではないが、もう少し工夫してみたい。離れに持ってきてくれ」

呆れたように顔をしかめて、お松が応じた。

「また捕物が始まるんですか」

「まだわからぬ。とりあえず気になる話を聞いたので、調べてみるだけだ。それじや、出かける。後を頼む」

「後を頼む、といわれても、お葉ちゃんはいないし、客をさばきれるかどうか。お客さんも、いつもより多いし」

珍しくお松が、弱音を吐いた。

「そう言うな。まだ探索が始まったわけじゃない。耳にした噂をたしかめに行くだけだ。すまぬな」

「仕方ありませんね。旦那さまが昔からやりたかったこと、やめてくれとはいいませんが、旦那さまにもしものことがあったら見世はどうなるんですか。見世のことも考えてくださいさい。お願いします」

頭を下げたお松に、

「わしに何があっても大丈夫だ。紀一郎は、わし以上にお松を気遣っている。母親代わりに何くれと面倒を見てくれたことを忘れてはいない。何の心配もない。茶屋はお松が切り盛りすればいいのだ」

「そんなことは言っていません。この茶屋は旦那さまの見世です。旦那さまに何かあったら、あたしはこの見世を辞めます。それから先は、どうにかします」

「そういうな。茶屋をつづけるためにも、決して無理な探索はしない。そのこと、約束する」

「本当ですね」

「武士に二言はない」

軽く睨むようにして、お松が告げた。

「旦那さまは、もう武士ではありません。北町奉行所前の腰掛茶屋のご主人さまです。茶屋の主人であることを、忘れないでください」

「わかった。わしは北町奉行所前の腰掛茶屋の主人だ。隠居した身、武士としては、すでに世捨て人同然の者だ。茶屋の仕事、大事にする」

「お願いします」

お松が頭を下げた。

すぐ顔を上げて、ことばを継いだ。

「後のことはまかせてください」

「すまぬな」

笑みをたたえて、弥兵衛が応じる。

無言で、お松が笑みを返した。

手ぶらで茶屋から出てきた弥兵衛に、外に置かれた縁台に腰を下ろした啓太郎と半次が目を注いでいる。

「親爺(おやじ)さん、手ぶらで出かけていくぜ」

声をかけてきた半次に啓太郎がこたえた。

「捕物が始まりそうだな」

にやり、として半次が言った。

「つけるか」

「そうだな」

応じて啓太郎が立ち上がる。

半次もならった。

歩き去る弥兵衛を、啓太郎と半次がつけていく。

そんなふたりを、丸盆を手にしたまま外へ出てきたお加代が、身じろぎもせず見つめている。

六

太物問屋〈恵比寿屋〉の前に弥兵衛は立っている。

ゆっくりと周りを見渡した。

小柄で痩身、白髪交じりで長い顔、こぢんまりとした目鼻立ちの、どこにでもいるような顔つきの五十代後半の弥兵衛は、どう贔屓目に見ても、風采の上がらぬ好々爺としか映らなかった。

辻に建つ町家の外壁に身を寄せて、弥兵衛の様子をうかがっていた啓太郎と半次が顔を見合わせる。

啓太郎が話しかけた。

「親爺さんは、やっぱり事件の臭いを嗅ぎつけてやってきたんだ。間違いない」

うむ、とうなずいて半次が応じる。

「おれもそう思う。周りを見るときの目の配りようは、誰か張り込んでいないか探っている動きだ」

「もう少し様子をみるか」

「そうだな」

「探索に乗り出す気になったら、必ず店の周りを歩き出す。一回りして、足を止めたあたりで声をかけよう」

「そうしよう。どんな事件か楽しみだ」

不敵な笑みを半次が浮かべた。

ふたりが推測したとおり、弥兵衛は恵比寿屋の周りを、ゆっくりと歩を運んでいく。

見え隠れにつけながら、半次が啓太郎に小声で言った。

「どうやら親爺さん、本気のようだぜ」

「太物問屋の恵比寿屋が、一件の舞台のようだな。すぐにも聞き込みをかけたい気分だ」

先を行く弥兵衛に目を注ぎながら、啓太郎が応じた。
恵比寿屋の周囲を一歩きした弥兵衛は、なかなか足を止めなかった。
歩調をゆるめることなくすすんでいく。
辻を左へ曲がった。
つけてきた啓太郎が焦った口調で声をかけた。
「どこへ行く気だ。おれたちが潜んでいた町家の辻を左へ曲がった」
「急ごう」
こたえた半次が早足になった。
啓太郎も歩調を合わせる。
辻を折れたところで、ふたりは足を止めた。
驚愕の目で前方を見据えている。
角から二軒目の町家の軒下に、弥兵衛が立っていた。
近寄ろうとしたふたりに、弥兵衛が胸の前で腕を交差する。

大きく顎をしゃくって、背中を向けて歩き出した。

ふたりが顔を見合わせる。

啓太郎が告げた。

「親爺さんは、声をかけるな。ついてこい、と仕草で告げたんだ」

「おれもそうおもう。気づかなかったが、たぶん何者かが恵比寿屋を張り込んでいるんだ」

「どこにいたんだろう。見当がつかない」

「とにかくついていこう」

応じた半次に、啓太郎が無言で顎を引いた。

七

浜町堀に掛かる緑橋のたもと近く、浜町河岸の水辺で弥兵衛は足を止めた。

ついてきた啓太郎と半次が歩み寄る。

弥兵衛をはさんで肩をならべて立った。

すかさず半次が問いかける。

「恵比寿屋を見張っている野郎がいたんですか」

ふたりに視線を走らせて、弥兵衛が応じた。

「そうだ。わしの合図がよくわかったな」

横から啓太郎がこたえる。

「腕を交差したのは駄目、来るな、という意味だと、すぐにわかりました。顎をしゃくったのは、ついてこい、ということだともね」

微笑んで、弥兵衛がこたえた。

「そのとおりだ。これからも、度々使う合図だ。覚えておいてくれ」

「わかりました」

啓太郎がうなずく。

つづいて半次も声を上げた。

「覚えておきやす。ところで、調べるのは恵比寿屋がらみの一件ですか」

「まだ茶屋で噂を聞いただけで、何もわからぬ。ただ、恵比寿屋の表と裏にふたりずつ、張り込んでいるような素振りの男たちが四人いた。まっとうな商いをする気なら、商売相手を見張ることはないだろう。張り込むにはそれなりのわけがあるはずだ。そう判じたので、調べることにした」

わきから啓太郎が訊いてきた。

「どんな噂を耳にしたんで」

「恵比寿屋の売掛金の受け取りが遅れた。それが原因で、買掛金の支払いができなくなった。それで」

と、弥兵衛が耳にした噂のなかみをふたりに話した。

口をはさむことなく聞き入っていた半次が、口を開いた。

「恵比寿屋について聞き込みをかけやしょう」

間をおくことなく、啓太郎がことばをかけてくる。

「張り込んでいる連中がひそんでいるところを教えてください。逆に、そいつらを見張りましょう。どんな動きをするか、その動き方次第で、何のために張り込んでいるか見当がつきます。乗っ取り屋の一味なら、それなりの様子をみせるでしょう」

うむ、とうなずいて弥兵衛が告げた。

「今度は、張り込んでいる連中に気づかれないようにするのをやめよう」

「どうしてですか」

「わけがわからねえ」

同時に啓太郎と半次が声を上げた。

にんまりして、弥兵衛がこたえた。

「一年前、わしは深川にある油問屋を乗っ取ろうとして画策していた一味を、いま一歩のところで取り逃がした。わしが北町奉行所に通じていることを、察知されたのだ。北町奉行所が乗り出す直前に逃げられてしまった。幸い油問屋は乗っ取られずにすんだが、乗っ取り屋一味は、そのままどこかに身を潜めている」

「親爺さんは、恵比寿屋を乗っ取ろうと仕掛けている奴らは、そのとき取り逃がした一味かもしれない。そう睨んでいるんですね」

問うてきた啓太郎に、弥兵衛が言った。

「そうかもしれぬ、とは思っている。が、調べてみたら違っているかもしれない」

わきから半次が声を上げた。

「すぐ聞き込みにかかりやしょう」

ふたりに視線を流して、弥兵衛が告げた。

「啓太郎は表で、半次は裏で、張り込んでいる連中に時折目を向けながら、聞き込みをかけるのだ。聞き込むなかみは、この頃、いままで見かけなかった連中が頻繁に恵比寿屋へ出入りするようになったか、ということと恵比寿屋の評判だ。一味だとおもわれる連中が見張っている場所だが」

潜んでいる場所を弥兵衛が教える。

「わかりやした」

「そうしやす」

ほとんど同時に応じた啓太郎と半次に、

「わしは土地の名主を訪ねる。恵比寿屋の主人へ仲立ちしてくれないか、と頼むつもりだ。ここで別れよう。聞き込みの結果は、明日の朝、聞く。明六つまでには離れに顔を出してくれ」

「それじゃこれで」

浅く腰をかがめて、啓太郎が言い、

「明日の朝に」

と、半次がわずかに頭を下げた。
背中を向けて、ふたりが歩き去って行く。
しばし見送って、弥兵衛が足を踏み出した。

第三章　頭隠して尻隠さず

一

大伝馬町の名主の屋敷がどこにあるか、弥兵衛は知らなかった。

（近くの自身番を訪ね、名主の屋敷のある場所と名を訊くか。それが一番手っ取り早い）

そう考えた弥兵衛は、通りがかりの道具箱を担いだ職人と思われる男に声をかけ、自身番へ行く道筋を聞き出した。

自身番に着いた弥兵衛は、ひとり居た番人に、

「茶屋をやっている弥兵衛といいます。土地の名主さんに用があるので、お名とお屋敷に行く道順を教えてもらえますか」

と話しかけた。

疑り深そうな番人が、入ってきた弥兵衛を上から下まで舐めるように見つめた後、

「何の用で名主さんを訪ねるのだ」

と訊いてきた。

どこにでもいるような老爺で風采の上がらぬ弥兵衛を、明らかに馬鹿にした目つきだった。

「いろいろありまして」

と弥兵衛が曖昧な返事をしたのが気に入らなかったのか、

「茶屋の主人だというが、本当なのか」

から始まり、

「名主さんに迷惑がかかりそうな用だったら、名も屋敷も教えるわけにもいかない」

などと、いやみをいいだした。

茶屋をやっている場所を言ったら、多少はあしらいがよくなるかもしれない、と思って、

「あたしのやっている茶屋は北町奉行所の前にあります。北町奉行所の下番から内々の頼まれたことでして」

下番云々は、嘘も方便の、その場のがれの出まかせだった。

この一言が、さらに番人を刺激した。

「わかった。家主さんたちがもどってきたら、北町奉行所前にある腰掛茶屋へ誰かを走らせる。そこの主人が弥兵衛という名かどうかたしかめる」

「何も、そこまでしなくとも」

呆れかえった弥兵衛を睨みつけて、番人が吠(ほ)えた。

「何だ、その言い草は。おれは自身番の番人だ。町内の安全を守るのが仕事。ふらりとやってきた、どこの馬の骨かわからぬ余所者(よそもの)は信用できない。名主さんを訪ねようとしている余所者を疑るのは当たり前だろう。名主さんに何かあったら、自身番の面目にかかわる」

あまりの横暴さに、弥兵衛はおもわず顔をしかめた。

番人のなかには、やたら威張って、自身番の前を通る年寄りや女たちに、わけもなく言いがかりをつけて困らせる者もいる、と聞いたことがあった。

（まさか自分が、そんな性悪な番人に出くわすとは）

そんなおもいが弥兵衛のなかにある。

「何だ、その顔は。おれにいちゃもんをつける気か」

声を高めた番人に、声がかかった。

「何だね末吉、怒鳴ったりして。道を行く人たちが、のぞきながら通り過ぎていく。みっともないじゃないか」

ギクリ、と首をすくめた末吉と呼ばれた番人が、声のした方を見やった。

「家主さん、お帰りなさい」

愛想笑いを浮かべて、頭を下げる。

店番ふたりをしたがえて、五十がらみで小太りの家主が自身番に入ってきた。

家主が、末吉と向かい合って立つ弥兵衛に目を向けた。

「北町奉行所前の茶屋の親爺さんじゃないか。何があったんだい」

「そうです。どこかでお会いしましたか」

低姿勢で、弥兵衛が応じた。

「北町奉行所に呼ばれて、三度ほど、おまえさんのやっている茶屋で、呼び出されるまで待っていたことがある。毎回、お茶うけの甘味が変わっていて、それぞれおいしかったよ」

笑みをたたえて家主が言った。

「そう仰有(おっしゃ)ってもらえると、作りがいがあるというもので」

微笑んで弥兵衛がこたえた。

「何の用できたんだい」

訊いてきた家主に、弥兵衛が応じた。

「下番から頼まれて、土地の名主さんにつたえたい話があって参りました。名主さんの名と、どこに屋敷があるか訊いたら、余所者は信用できない、といわれて」

遮るように家主が言った。

「わかった。名主さんの名は三右衛門(さんえもん)さんだ。屋敷は」

背後に控える、三十半ばで馬面の、店番と思われる男を振り向いてことばを重ねた。

「文造、この人を名主さんの屋敷まで連れていっておくれ」

「わかりました」

応じた文造から家主へ視線を移して、

「ありがとうございます」

丁重に、弥兵衛が頭を下げた。

二

小半時（三十分）後、店番の文造と弥兵衛は、名主屋敷の表門の前にいた。

門は閉まっている。

屋敷に着くまで、ふたりがことばを交わすことはなかった。

かなりの早足ですすんでいく文造に歩調を合わせ、息を弾ませながら弥兵衛はついていった。

門前に着くなり文造は、

「ここが名主さんのお屋敷です。くれぐれも粗相がないようにお願いします」

と言うなり、そそくさと引き上げていった。

その様子から、家主から命じられたから案内してきた。余計な仕事をやらされて迷惑だ、という思いが読み取れた。

急ぎ足で帰って行く文造をしばし見送って、弥兵衛は名主の屋敷へ入るべく、潜り口へ歩を移した。

突然、なかから潜り口の扉が開き、老齢の下男が出てきた。

入ろうとしていた弥兵衛と鉢合わせになった下男が、おもわず顔を見合わせ、動きを止めた。

すかさず弥兵衛が告げる。

「名主さまに取り次いでください。北町奉行所前の茶屋の主人で弥兵衛と申します。お願いがあって参りました」

当惑したのか、一瞬渋面をつくった下男が、

「出かけるところだったんだ。仕方ない。お会いになるかどうか訊いてみよう。ここで待っていてくれ」

と言い、なかへ入っていった。

閉じられた潜り口の前で、弥兵衛は立っている。

ほどなくして、下男がもどってきた。

潜り口の扉を開け、顔をのぞかせる。

先ほどと違って、笑みを浮かべていた。

「おまえさんの名を言ったら、旦那さまは『北町奉行所前にある茶屋の弥兵衛さんのことは知っている。接客の間に案内するように』と言われた。さあ、入りなさい」

と、扉を大きく開いてくれた。

接客の間で、弥兵衛と三右衛門と名乗った名主が、向かい合っている。

「弥兵衛さんのことは知っている」

との、三右衛門のことばどおり、弥兵衛は身分の高い者が位置する上座に座っていた。

向き合うなり三右衛門は、

「『以前は北町奉行所の例繰方の与力で、松浦弥兵衛というお方がいらっしゃる。いまは、北町奉行所前の腰掛茶屋の主人におさまっておられる。気さくなお方で、揉め事をどう落着すればいいかなどの相談に、気楽に乗ってくださる。そのうち引き合わせよう』と名主仲間から、松浦さまの噂は聞いておりました」

と声をかけてきた。

それだけではない。

茶屋で耳にした気になる話を調べて、弥兵衛が何度も事件を落着に導いたことも知っていた。

三右衛門は、さらに弥兵衛を驚かせた。

「松浦さまとお会いするのは、二度目でございます」

弥兵衛には覚えがなかった。

怪訝(けげん)そうな顔をした弥兵衛に、三右衛門が告げた。

「直にお会いしたわけではございません。遠目にお顔を見ただけでございます。実は」

二年ほど前、揉め事を抱えていた名主たちの集まりに出たとき、相談を受けていた弥兵衛を見た、という。

何ひとつ厄介事を抱えていなかったが、三右衛門は後学のため、会合に出ていたのだった。

姿勢を正して、三右衛門がことばを重ねた。

「私にできることなら、何でもいたします。遠慮なく言いつけてください。お役に立ちたいのです」

「ありがたい申し入れ。おことばに甘えさせてもらいます」

茶屋で耳にした恵比寿屋の噂を、弥兵衛は三右衛門に話し、付け加えた。

「実は一年前に、似たような揉め事がありました。とある大店の乗っ取りを企んでいた一味を追い詰めましたが、確証をつかむ前に察知され、北町奉行所に事件のあらましを伝える寸前に逃げられてしまったのです」

緊張した面持ちで、聞き入っていた三右衛門が訊いてきた。

「私は何をすればいいのですか」

「探索のため、どこにでも出入りでき、聞き込みをかけられるように、三右衛門さんに請け人になってほしいのです。北町奉行所前にある腰掛茶屋の主人、弥兵衛の身元を保証する、旨(むね)の証文を書いてくれませんか」

「なぜ北町奉行所元与力松浦さまではなく、北町奉行所前腰掛茶屋の主人弥兵衛なのですか」

「端から元与力と名乗れば、聞き込みをかける相手は、余計な話をして、後々厄介な事件に巻き込まれては何かと面倒だと、ことばを選んで受け答えするでしょう。相手が腰掛茶屋の主人なら、構えることなく気楽に話してくれます」

「そういうわけですか」

得心がいったのか、うむ、とうなずいて三右衛門がことばを継いだ。

「わかりました。請け人になるとの証文を書いてきます。暫時(ざんじ)お待ちください」

そう告げて、腰を浮かした。

三

書いてきた証文を手にして、接客の間にもどってきた三右衛門が座るなり、

「これでよろしいですか」

と弥兵衛に差し出した。

受け取り、弥兵衛が目を通す。

〈北町奉行所前にある茶屋の主人、弥兵衛さんの身元請け人になる証として本文をしたためる〉

旨が記され、署名してあった。

読み終えた弥兵衛が、三右衛門を見やった。

「十分です。これがあれば、探索がすすみます」

証文を二つ折りして、懐に入れる。

笑みをたたえて、三右衛門が言った。

「お役に立てて嬉しいです。ところで、私からもお願いがあります」

「お願い？」

鸚鵡（おうむ）返しをした弥兵衛に、真顔になって三右衛門が応じた。

「これから恵比寿屋へ行きましょう。私が直に恵比寿屋の主人に松浦さまを引き合わせます。私の願い、叶えていただけますか」

思いがけない三右衛門の申し出だった。

「そうしてもらえるとありがたい。ただし、仲立ちしてもらうときに、私のことを」

言いかけた弥兵衛を遮るように、三右衛門が声を上げた。

「承知しております。北町奉行所元与力の松浦弥兵衛さまではなく、北町奉行所前にある茶屋の主、弥兵衛さんとして引き合わせればよろしいのですね」

「そうです。恵比寿屋の主人にみょうな警戒心を抱かせたくない。気になる話を聞いた。心配になったので、その話を伝えてくれた弥兵衛さんと一緒にやってきた。弥兵衛さんは北町奉行所の与力や同心の旦那方と顔見知りだ。恵比寿屋さんのよい相談相手になってくれるんじゃないかと思って連れてきた、と一芝居打ってもらいたいのだ」

「わかりました。一芝居打ちましょう」

三右衛門が楽しげにこたえた。

「突然訪ねてきて、いろいろと注文を出す。我ながら厚かましいかぎり。三右衛門さんに甘えすぎですな。実にありがたい。このとおりです」

微笑んで弥兵衛が、軽く頭を下げた。

四

突然訪ねてきた三右衛門を、恵比寿屋は驚きと警戒の入り交じった表情で迎え入れた。恵比寿屋は五十そこそこ、猪首(いくび)で背が低く、太っている。細い目、低い鼻、大きな口で丸顔。抜け目のなさと人なつこさが同居したような、童顔の男だった。

名主が、前触れもなくやってきた。しかも、見るからに風采のあがらぬ痩(や)せた、小男を伴っている。

ふつうではありえないことであった。

丁重に扱うべきと判断したのか、恵比寿屋が自ら三右衛門と弥兵衛を接客の間へ案内した。

部屋に入り、上座に三右衛門、向き合って恵比寿屋が座った。三右衛門の斜め脇に弥兵衛が控えている。

座るなり、三右衛門が告げた。

「不意に顔を出したのには、わけがある」

目で示して、ことばを重ねた。

「ここにいる弥兵衛さんは北町奉行所前にある茶屋の主人だ。その見世で、恵比寿屋さんにかかわるみょうな噂を耳にして、私に知らせてくれた。その話が気になったんで、やってきたんだ」

不安そうに恵比寿屋が訊いた。

「どんな噂で」

「話すのは、私より弥兵衛さんのほうがいいだろう。弥兵衛さん」

顔を向けて三右衛門が声をかけた。

うなずいた弥兵衛が恵比寿屋に向き直る。

「耳にしたまま話します」

北町奉行所から呼び出され、茶屋で順番がくるのを待っている客の一組が、恵比寿屋が乗っ取られそうだと話していた、と恵比寿屋に告げた。

「そんな噂が出ているのですか」

思わずしかめっつらをした恵比寿屋が、独り言ちた後、吐き捨てるようにつづけた。

「そんな噂が広がったら、商売がやりにくくなる」

ため息をつく。

そんな恵比寿屋を、じっと見つめて三右衛門が話しかけた。

「弥兵衛さんは、稼業柄、北町奉行所の与力、同心の旦那方に顔がきく。相談に乗ってもらったらどうだね。金を借りた両替屋があまりにも強引だったら、弥兵衛さんが何らかの手を打ってくれる」

恵比寿屋が身を乗り出す。

「ほんとうですか」

視線を三右衛門から弥兵衛に移した。

受け止めて、弥兵衛がこたえた。

「大船とはいかないが、小舟ぐらいの役には立てます。私の手にあまれば、北町奉行所に駆け込むだけのこと。北町奉行所の旦那方は、すぐ動いてくれます」

「そのことば、信じてもいいですか」

視線を三右衛門にもどして、恵比寿屋が念を押した。

「弥兵衛さんのことばに嘘偽りはない。私が請負う」

すかさず三右衛門が口添えする。

向き直って、恵比寿屋が弥兵衛に告げた。

「これからは何かと相談に乗ってください。よろしくお願いします」

深々と頭を下げた。

「噂のもととなった揉め事の顚末を話してくれますか」

訊いた弥兵衛に、

「品物を納品した呉服問屋の商いがうまくいかなくなり、売掛金を支払ってもらえなくなりました。それで同業の株仲間の伊勢屋さんに相談したところ、『上方で手広く商いをしている両替屋〈近江屋〉の出店ともいうべき仮店が江戸にある。そこの主人と懇意にしている。江戸では両替屋の株仲間にくわわる手続きが厄介なので、看板を掲げて、表立っての商いはしていないが、その分融通がきく。こげついた売掛金が回収できる見込みが高いかどうかなど、貸付にかかわる要件を調べないで、貸し付けてくれる、というので」

わきから三右衛門が口をはさんだ。

「金を借りたんだね」

「そうです。買掛金の払いが迫っていたので、藁にも縋る思いでした」

　さらに恵比寿屋は話しつづけた。

　一カ月後に返す約束で五分の利で金を借りたが、返済できなかった。その時点で五分、利息を上げられ、その後半月ごとに五分ずつ利息を上げられ、いまでは四割の利を払わされている。

「売掛金がこげついた店は、商いがうまくいかず近々店を閉めるという話です。大口の取引先でしたので、これから取り立てることができない売掛金は増えつづけます。半月ごとに増える利息と集金できない売掛金。近江屋の江戸仮出店の主人雁七は利が六割になったら、店の権利書を預からせてくれと言っています」

　それだけではない。雁七は、

「逃げられたら困る」

　と理由をつけ、奉公人たちに店を見張らせて、恵比寿屋が出かけるたびにつけさせているという。

「女房と十歳になったばかりの一人息子は、千駄ヶ谷の植木屋をやっている女房の実家に預けています。雁七は取り立てにきたら、一日居座って睨みをきかせていますし、何かあったら大変なので」

と恵比寿屋が目をしばたたかせた。

弱り切った様子の恵比寿屋に、弥兵衛と三右衛門はおもわず顔を見合わせていた。

たがいの目が、

（恵比寿屋さんは、かなりまいっている。この先、冷静な判断ができるかどうか、気になる。どうしたものか）

と語っている。

五

恵比寿屋に見送られて、三右衛門と弥兵衛が店から出てきた。

通りをはさんで向かい側の店の前に、半次と啓太郎が立っている。

三右衛門とともに恵比寿屋へ入っていく弥兵衛を見た啓太郎が、裏を張り込んでいる半次を呼びに行き、出てくるのを待っていたのだろう。

咄嗟におもいついて、弥兵衛はふたりに目を向けて、顎をしゃくった。声をかけることなくついてこい、という意味を込めた所作だった。

ふたりが無言で顎を引く。

恵比寿屋と三右衛門に、啓太郎と半次が張り込んでいることをさとられたくなかった。

今後どんなことが起きるかわからない。渦中にある恵比寿屋は仕方がないとしても、三右衛門をこれ以上、此度の一件に巻き込む気はなかった。

恵比寿屋が話してくれた両替屋のやり口は、一年前に弥兵衛がかかわった油問屋に仕掛けられた、乗っ取り屋の手口と酷似していた。

そのときは、同業の株仲間でもある羽州屋という商人が、上方の両替屋の仮出店を、油問屋に仲立ちしていた。

ただし、乗っ取りを仕掛けた両替屋の屋号は、近江屋ではなかった。柊屋という呼び名だった。

仮出店ということで、柊屋は看板を掲げていなかった。

店の外観は、二階建ての町家であった。

近江屋も、柊屋同様、看板を掲げていない。恵比寿屋の話から、そのことがわかった。

柊屋の仮出店の探索をつづけながら、油問屋と仮出店の主人との話し合いに弥兵衛は同座した。

乗っ取り屋の一味は、一度も弥兵衛を襲撃してこなかった。そのことは、いまでも理解できない不思議なこと、として弥兵衛のなかに居座っている。

ただし、二六時中見張られ、外へ出たらつけられた。

（これ以上、仕掛けたら北町奉行所が乗り出してくる、と判じたのと、積もり積もった利息の金高が、油問屋に貸し付けた金高より一割ほど増えていたことが、柊屋と名乗った一味が、乗っ取りの企みを断念し、姿をくらました要因）

そう弥兵衛は推測している。

歩みをすすめるだけで口を開こうとしない弥兵衛に、三右衛門が声をかけてきた。

「恵比寿屋も大変ですな。切り抜けられればよいが」

「何かあったら、用件を文にしたため、丁稚にでも持たせて北町奉行所前の茶屋に走らせてくれ。遅くとも翌日の朝には店に顔を出すと伝えましたが。そのときになったら、私の言ったとおりにやってくれるかどうか」

「恵比寿屋が、自分ひとりで落着しようと頑張り過ぎなければいいのですが。恵比寿屋には、まだ根拠のない自信が残っているような気がして心配です」

背後に視線を感じて、弥兵衛が横目で見やった。

まだ店の前に立っている、恵比寿屋を目の端で捉える。

「恵比寿屋がまだ店の前で見送っている。私たちの姿が見えなくなるまで見送るつもりかもしれない。次の辻で二手に分かれよう。私は浜町河岸のほうへ行く」

「私は屋敷へもどります。いつでも声をかけてください。役に立ちたいのです」

目を輝かせた三右衛門に、

「そのときはよろしく」

笑みをたたえて、弥兵衛が告げた。

六

浜町河岸の緑橋のたもと近くに、弥兵衛は立っている。

つけてきた啓太郎と半次が、声をかけることなく、当然のように弥兵衛をはさんで肩をならべた。

「顎をしゃくっただけで、意味がよくわかったな」

声をかけた弥兵衛に啓太郎が応じた。

「二度目ですからね。すぐわかりましたよ」

「できれば、もう少し大きく動いてもらったほうがわかりやすいですね」

言い足して、半次が笑みを浮かべた。

うむ、と首をひねって弥兵衛がこたえる。

「所作を大きくすると、周りに気づかれやすくなる。むずかしいところだな」

苦笑いして半次が言った。

「いまのままでいいですよ。意味を解するように頑張りやす」

「そうしてくれ。名主の三右衛門のおかげで恵比寿屋と会うことができた。ふたりについてきてもらったのは、恵比寿屋から聞いた話を、早めに伝えるべきだと判じたからだ」

「どんな話だったんで」

「新しいことがわかったんですね」

　ほとんど同時に、半次と啓太郎が声を上げた。

「三右衛門は、名主仲間の会合を通じて、わしのことを知っていた。すこぶる協力的で、一緒に恵比寿屋へ行こう、と言いだしてくれた」

　三右衛門は、身元請け人の証文を書いてくれ、との弥兵衛の頼みを快く引き受けてくれた。証文を書き上げた後、一緒に恵比寿屋に行こうと言いだして、ふたりで恵比寿屋を訪ねることになった。

　恵比寿屋とかわした話のなかみを、かいつまんでふたりに話した弥兵衛に、半次が訊いてきた。

「それじゃ、見張られていることを、恵比寿屋は知っているわけですね」

「出かけたら、店を張り込んでいるうちのふたりが、これみよがしに堂々とついてくるそうだ」

　舌を鳴らして、啓太郎が応じた。

「つけられているほうは気分が悪いでしょうね。真綿で首を絞めるようなやり口だ。利息はどんどん高くなる。いまのところ利息を払っているから、利息が上がるだけですんでいるが、利息が払えなくなったら、即、借金のかたに店を明け渡せ、と言い出すでしょう」

「多分、そうだろう」

　わきから半次が声を上げた。

「これから、どうします。近江屋の仮出店の主人を仲立ちした伊勢屋も、調べたほうがいいんじゃねえですか」

「伊勢屋の調べは、もう少し後にしよう」

「すぐ取りかかったほうがいいような気がしますね」

「その前にやることがある」

　こたえた弥兵衛がふたりを見やって、ことばを重ねた。

「啓太郎と半次も、姿をさらして堂々と近江屋の仮出店の手先たちを見張っているが、相手も同じことをやっている」

　ふたりが、弥兵衛の視線の先に目を注いだ。

　数軒向こうの町家の軒下に、男がふたり立っている。

「なるほど」

「たしかに」

同時に半次と啓太郎がつぶやいた。

顔を向けて、弥兵衛が告げた。

「啓太郎は住まいに帰るな。おっ母さんに迷惑がかかるといけない。探索にかかったときにいつもやっているように、わしと同居しているようにみせかけるのだ」

「わかりました」

応じた啓太郎から半次に目を向けて、弥兵衛が言った。

「半次は定火消屋敷へ帰れ。定火消屋敷へ入っていけば、つけてきた者は定火消かもしれない、と思うだろう。わしと啓太郎は八丁堀の与力の屋敷へ、半次は定火消屋敷へ入っていったとなると、近江屋の一味も、三人とも御上(おかみ)に何らかのかかわりがある者たち、と推察するはずだ。そのことを踏まえて、次の手を打ってくるに違いない」

無言で、ふたりが顎を引いた。

弥兵衛がことばを継いだ。

「半次、明日は朝七つ半までに離れにきてくれ。そのとき、屋敷を見張っている者がいるかどうか、たしかめてきてほしい」

「わかりやした」

緊張した面持で半次がこたえた。

七

翌朝、離れに半次がやってきた。

朝飯の後片付けを終えた弥兵衛と啓太郎が、土間からつづく板敷きの上がり端に腰を下ろしたところだった。

「どうだった」

問いかけた弥兵衛に、半次がこたえた。

「屋敷の周りを念入りにあらためました。張り込んでいる奴はいません」

「そうか。いなかったか」

拍子抜けしたように、弥兵衛がつぶやいた。

「もうひとつ話しておきたいことが」

声をかけてきた半次に、弥兵衛が目を向けた。

「何だ」

「お頭に、親爺さんの探索が始まりました。定火消屋敷に帰れない日もあります、と申し入れ、許しをもらいました」

照れくさそうに頭をかきながら、半次がことばを重ねた。

「いつも親爺さんに言われてから、お頭の許しをもらいにいっていたので、たまには早手回しもいいだろう、と思いやして。出過ぎましたか」

にやり、として弥兵衛が応じた。

「半次も成長したもんだ、と驚いているよ。これからも、早めに五郎蔵の許しをもらってくれ」

「そうしやす」

こたえた半次から啓太郎に視線を移し、弥兵衛が告げた。

「啓太郎もおっ母さんに、わしの探索を手伝うことになった。しばらく帰れない、と伝えに行ってこい。着替えも持ってくるのだ。着替えを離れに置いたら恵比寿屋へ向かい、半次と合流してくれ」

「わかりました」

再び半次を見やって、弥兵衛が告げた。

「これから恵比寿屋へ行き、張り込んでくれ。言っておくが、近江屋の手先からからまれても、相手になるな。いままでは荒くれた動きをみせていないようだが、何をやらかすかわからない相手だ。啓太郎と合流したら、つねにふたりでいるようにしろ」

不満そうに半次が応じた。

「仕掛けられても喧嘩は駄目なんですね。しつこくからんでこられたら、どうしましょうか」

「そのときは逃げろ。逃げて、手先たちの様子をうかがうことができるところに潜んで見張りつづけるのだ。決して、こちらから喧嘩を仕掛けてはならぬ」

「あっしには向かない指図ですね。我慢できるかな」

半次がため息をついたとき、お加代の声が上がった。

「お葉ちゃん、何をしているの。お松さん、先に行っちゃったよ。早くして」

声のほうを振り向くと、開いた裏戸の前で、出かける支度をととのえ、風呂敷包みを抱えたお葉が、身じろぎもせず弥兵衛たちに目を注いでいる。

「ぐずぐすしないで。お松さんに怒られるよ」

もどってきたのか、裏戸から入ってきたお加代が、お葉の手をつかんで強く引いた。

「すぐ行く。引っ張らないで。痛っ！」

引きずられるようにして、お葉が出て行く。

そんなお葉とお加代を、弥兵衛が凝然（ぎょうぜん）と見つめている。

第四章　蛇に見込まれた蛙

一

半次と啓太郎を送り出した後、弥兵衛は母屋(おもや)へ向かった。
紀一郎に頼みたいことができたからだった。
式台の前に立って弥兵衛が声をかけると、着流し姿の紀一郎が出てきた。
この刻限に着流しでいる。
非番なのだろう。

あえて、弥兵衛は素知らぬ風を装った。

「急ぎの用だ。頼まれてくれ」

「探索が始まったのですね」

今日は非番だと、口にする素振りも見せずに、紀一郎が応じた。

「昨年、わしが未然に防いだ、上方の両替屋の仮出店と称した一味が仕掛けた、油問屋乗っ取りの一件、覚えているか」

訊いた弥兵衛に紀一郎がこたえた。

「覚えています。北町奉行所として、事件の探索に乗り出す寸前に、乗っ取り屋が姿をくらました一件ですね」

「確証はないが、その乗っ取り屋一味が、また動き始めたようだ」

「何ですって。話を聞かせてください。私の居間へ行きましょう」

「わかった」

式台に弥兵衛が足をかけた。

居間で、弥兵衛と紀一郎が向き合って座っている。

ふたりの前には、紀一郎の妻千春が運んできてくれた茶が置いてあった。

千春は、隣の屋敷に住む年番方与力中山甚右衛門の娘だった。

ふたりは相思相愛で結ばれた仲で、いまでもそのかかわりは変わらない。

茶を置くときに、ちらりと弥兵衛に走らせた千春の目に、恨めしいものが宿っていた。

その思いに気づいてはいたが、あえて弥兵衛は無視することにした。

昨日恵比寿屋から聞いた乗っ取り屋のやり口は、一年前の油問屋乗っ取りの一件と酷似していた。

一夜明けて気づいたのだが、たったひとつ違っていたことがあった。

利息を上げていく期日が、半月ほど早まっている。

(勝負を急いでいるのだ。間違いない。手遅れにならぬよう、早手回しに事をすすめねばなるまい)

その推測が、弥兵衛に焦りを生んでいた。

恵比寿屋が上方の両替屋近江屋の仮出店から借金するに至った経緯、その後の短兵急な取り立て、手先たちが恵比寿屋の表と裏を張り込んでいて、恵比寿屋が出かけるたびにつけてくることなどを、弥兵衛は紀一郎に話して聞かせた。

聞き終えた紀一郎が、弥兵衛に問うた。

「父上の頼みとは、北町奉行所例繰方の書庫を利用できるよう私に手配してくれ、ということですね」

「そうだ」

「わかりました。出仕の支度をととのえます。父上も、北町奉行所に出入りするときの出で立ちに着替えて、離れで待っていてください」

「ありがたい。待っている」

微笑んで、弥兵衛が腰を浮かせた。

式台まで弥兵衛を送って、居間にもどってきた紀一郎を、千春が待っていた。

「お出かけになるのですね」

「父上の頼みだ。着替えをする。用意してくれ」

「わかりました」

立ち上がった千春が、心配そうに見やった。

「昨夜、探索していた事件が落着したばかり。この半月ほど、休みなくお役目に励んでおられました。今日は特別にいただいた非番。久しぶりのお休みです。お疲れだと思いますし、お躰が心配です。このこと、義父上さまに申し上げ、お出かけを明日にのばしてもらったらいかがですか」

「それはできぬ。父上がとりかかっている探索は、茶屋で耳にした噂がきっかけの揉め事。できれば北町奉行所が乗り出すことなく、未然にふさげられればよい一件だ。未然におさめるためには、早め早めに手を打たねばならぬ」

「仕方ありませぬね。着替えを持ってまいります」

隣の部屋へ向かって、千春が足を踏み出した。

二

髪は町人髷に結ったままだが、腰に大小二刀を帯び、羽織袴の出で立ちで腰掛茶屋の前を紀一郎とともに通り過ぎていく弥兵衛に、外の縁台の客へ茶を運んできたお葉が気づいた。

見世にもどろうともせずお葉は、丸盆を手にしたまま弥兵衛をじっと見つめている。

その視線を弥兵衛は感じ取っていた。

小声で紀一郎が話しかけてきた。

「棒立ちになって見ていますね。あの女、見知らぬ顔だが、新しく雇い入れたのですか」

「お加代の幼馴染みだ。いろいろわけありでな。働いてもらった」

「いやに熱心に見ているな。様子を探っているみたいだ」

つぶやいた紀一郎に、

「暮らしが変わって、新しいことばかりだ。すべてに興味があるのだろうよ」

気楽な口調で弥兵衛がこたえた。

「そうかもしれませんね。どうも稼業柄、人を疑るのが癖になりました。我ながら、これはいかん、と思うのですが、どうにもなりません」

苦笑いして、紀一郎が応じた。

「わしも同じだ。茶屋で客たちの噂話を耳にするたびに、この噂、事件になりそうだ、と考えることが多くなった。何とか事件にならないだろうかと無理矢理、事件にしたがっている自分に気がついて、反省することしきりだ」

「父上もそうなら、私が疑り深くなっても仕方がないですね。みょうな言い方ですが、誰もが感じていることだと、気にしながら気にしない。そんな気持ちでいるべきかもしれません」

「いいことを言う。その心持ちでいれば、無実の者を拷問にかけて、自白を無理強いし下手人を作り上げ、罪人として裁きにかけてしまう。そんな過ちは、犯さなくなるだろう」

「そうですね」

神妙な面持ちで紀一郎が応じた。

年番方与力用部屋へ、紀一郎とともに顔を出した弥兵衛は、中山に挨拶した後、例繰方の書庫へ向かった。

弥兵衛が書庫へ入るときと引き上げる際は、紀一郎が立ち会うことになっている。万が一、紀一郎が不在の場合は、中山に退出する旨を伝えると決められていた。

いかに元北町奉行所与力だったとしても、いまは弥兵衛は隠居の身である。かかわりの深い部外者として、末永く自由に出入りできるように、中山が年番方与力仲間と計って、定めたのであった。

役所は杓子定規な決まり事で動いている。そのことを知り抜いた上での、中山の好意ある動きであった。

おかげで弥兵衛は、その決め事さえ守れば、自由に北町奉行所に出入りできるようになっている。

例繰方の書庫に弥兵衛と共に入ってくるなり、紀一郎が声をかけてきた。

「昨夜下手人を捕えた事件の調べ書を書かねばなりません。用部屋にいますので、何かあったら声をかけてください。昼飯は握り飯でよければ、勝手方に手配しておきますが」

「頼む」

笑みをたたえて、弥兵衛がこたえた。

板敷の書庫のなかには、六尺ほどの高さの書棚が多数ならんでいる。

一年前、柊屋の江戸仮出店が仕掛けた、油問屋乗っ取りの一件と同じような事件がなかったか、弥兵衛は記憶を頼りに棚に置かれた捕物控を引っ張りだし、一隅に置かれた文机の前に座って読みつづけた。

一列目の棚に置かれた捕物控にすべて目を通し、さらに二列目の捕物控を読み終えた後、三列目の棚に置いてある捕物控を手にして、文机の前に座った弥兵衛は、ふう、と大きくため息をついた。

疲れている。

右手で左肩を叩きながら、目を閉じた。

瞬間……。

不意に、安倍川餅のことが脳裏に浮かんだ。

(どうしたら湯通しした餅を、つきたての餅と同じような味にできるのだろう。湯通しするとき、鍋に入れる水の量を変えてためしてみるか)

うむ、と呻いて、弥兵衛は思案投げ首、思わず腕を組んでいた。

三

襖（ふすま）を開けて年番方与力用部屋に入ってきた紀一郎に、文机に向かって調書に目を通していた中山が顔を向けた。同役たちも、紀一郎に意味ありげな視線を走らせる。

中山が声をかけてきた。

「別間に行こう」

「承知しました」

閉めようとした手を止めて、廊下へ出る。

立ち上がった中山が、待っている紀一郎へ歩み寄った。

与力会所小部屋で、上座にある中山の前に紀一郎が座っている。

同役たちに弥兵衛がらみの話を聞かれたくないのか、中山は必ず紀一郎を小部屋へ誘った。

座るなり、中山が訊いてきた。

「松浦殿の探索、どの程度すすんでいるのだ」

「狙われている太物問屋の主人と会ったそうです。今朝方、屋敷の母屋にやってきて、例繰方の書庫で調べ物をしたい、と言ってきました」

「どんな一件だ」

「昨年、町奉行所が乗り出す直前に姿をくらました、柊屋江戸仮出店の一味のことを憶えていらっしゃいますか」

問うてきた紀一郎に、

「その一味が動き出したのか」

中山が問い返す。

「その一味かどうか、はっきりしないようです」

「はっきりしないとは？」

鸚鵡（おうむ）返しをした中山に、紀一郎が応じた。

「此度（こたび）も同じ上方の両替屋ですが、仕掛けているのは近江屋の江戸仮出店だそうです」

「柊屋ではなく近江屋という両替屋なのか」

首をひねった中山が、ことばを重ねた。

「店の名を変えただけで、昨年姿をくらました連中と同じ面子の一味ではないのか」

「そこまでは、まだ調べがすすんでいないようです」

こたえた紀一郎に、中山が告げた。

「柊屋の一味が姿を消した後、松浦殿が言っていた。油問屋に貸し付けた金は五百両余。取り立てた利息は九百両近く。儲けは四百両弱。元金は回収したものの、たいした儲けではない。一味は十人。山分けしたら四十両弱。潰れそうな取引先と商いしている大店をどうやって見つけ出しているのかわからぬが、調べにはそれなりの日数をかけているはずだ、とな」

「そのこと、私も聞いております」

「大店を乗っ取り、簡単には手に入らない株仲間の株ごと売りつける、そうしないかぎり、大儲けはできない。一味には金主がついてるような気がするが、松浦殿は何か言っていなかったか」

「私は、何も」

「そうか」

と応じて、中山が黙り込んだ。

目を向けたまま、紀一郎は中山が口を開くのを待っている。

ややあって中山が告げた。

「此度は、油問屋のときと違って、できるだけ早く我々を探索に加えてもらいたい、と松浦殿に伝えてくれ。乗っ取りを仕掛けるときに、大金が動いている。その金がどこから出ているか、気になるのだ」

「承知しました。そのこと、父上に伝えておきます」

厳しい面持ちで紀一郎がこたえた。

四

夜五つ（午後八時）を告げる時の鐘が鳴り響いている。

片っ端から捕物控に目を通していったが、大店の乗っ取りにかかわる事件はみつからなかった。

紀一郎から頼まれた中山が、もう少し弥兵衛が書庫を使うことについて、宿直の与力に話し、了解をとってくれた。おかげで暮六つ（午後六時）以降も、書庫で調べつづけることができたが、この刻限以後は、さすがに無理だった。

書庫を閉める役目を宿直の与力に頼んだ後、紀一郎は中山とともに北町奉行所を出ている。

与力に引き上げることを告げて、弥兵衛は北町奉行所を後にした。

歩を運びながら弥兵衛は、

（巧妙に仕組まれた大店の乗っ取りは、事件になりにくい案件なのだ）

との思いにとらわれていた。

（此度は取り逃がすわけにはいかぬ）

胸中で、何度もつぶやいている。

昨年、柊屋の江戸仮出店の一件が中途半端な結果に終わったとき、中山に話した、

「潰れそうな取引先と商いしている大店を、どうやって見つけ出しているのかわからぬが、調べにはそれなりの日数をかけているはずだ」

との見立ては、いまも変わっていない。

調べるには、かなりの金がかかる。上方の両替屋柊屋の江戸仮出店と称していたが、はたして大坂にある柊屋の仮出店だったのかどうか。弥兵衛は裏付けをとっていなかった。

事件になっていないのに、北町奉行所を通して大坂東西両町奉行所に、

「江戸に仮出店を出しているのか」

と、柊屋に聞き込みをかけてもらうわけにはいかなかった。

探索の途上、弥兵衛が大坂へ出かけていってたしかめればいいのだが、現実的には難しい話だった。

（柊屋の名をかたっていたとしたら、油問屋に貸し付けた金はどこから出たのか、乗っ取り屋一味のお頭が巨額の手持ち金を持っていたとは、とてもおもえぬ。どこかに金主がいるのだ）

そう弥兵衛は推測していた。

が、金主がどこの誰なのか、弥兵衛には見当もつかなかった。

（乗っ取りを食い止めただけでも、上々の首尾と考えるべきかもしれぬ）

との思いもある。

「いや、違う。一件は落着していない」

思わず、弥兵衛は口に出していた。

恵比寿屋に乗っ取りを仕掛けているとおもわれる、近江屋と柊屋にかかわりがあるかどうか、何ひとつわかっていない。

（近江屋の江戸仮出店と伊勢屋を調べねばなるまい。離れにもどったら、啓太郎や半次と話し合うか）

そう決めて、弥兵衛は足を速めた。

五

屋敷の近くまできたとき、弥兵衛は殺気を感じて足を止めた。

前方を見据えて、気を注ぐ。

（ひとりではない。待ち伏せか？）

察知されたと気づいたのか、前方左右の塀の陰から黒い影が湧き出てきた。

ひとつ、ふたつ、弥兵衛が目で影を追う。

（十人か）

六つの影が二刀、残る四つは一振り、腰に帯びていた。

（一振りはおそらく長脇差だろう。浪人が六人、町人が四人か）

瞬時に、弥兵衛は判じていた。

間近に迫った影の実体は、弥兵衛の見立てどおりだった。

浪人が六人、左右にそれぞれ町人が二人ずつ横並びに位置している。いずれも盗っ人かぶりをしていた。

（顔を隠している。用意周到、待ち伏せ以外の何ものでもない）

浪人たちが大刀を、町人たちが長脇差を抜き連れた。

弥兵衛は、武器を持っていない。

（襲ってくる相手から刀を奪うしかない）

そう腹をくくった弥兵衛は、通りの真ん中に身を置いて歩みをすすめた。

一飛びしたら、大刀の切っ先が身に触れる隔たりに達したとき、中央の浪人に躍りかかり、刃をかいくぐって体当たりし、大刀を奪うつもりでいる。

一歩、また一歩と間合いが詰まっていく。

あと一歩で、跳びかかる隔たり。そう弥兵衛が見極めたとき、浪人たちの背後から駆け寄る足音が響いた。

一瞬、浪人たちの動きが止まる。

真ん中にいた浪人に、高々と匕首を振り上げた町人が襲いかかった。

浪人が身をかわしながら、大刀を横に振る。

町人が、その一撃を匕首で撥ね返した。

大刀の勢いに逆らうことなく、町人が後方へ跳び下がる。

武術の心得がある者の動きだった。

浪人たちの横並びだった陣形が、大きく崩れる。

その虚を、弥兵衛は見逃さなかった。

斜め前に跳んで、左手の町人に体当たりする。

町人の躰が塀にぶつかった。

瞬間、弥兵衛は町人の鳩尾に当て身をくれていた。

呻いて、町人が腹を押さえて頽れる。

間髪を入れず、弥兵衛は町人の手から長脇差を奪い取っていた。

地面にうずくまった町人を飛び越えて、匕首を逆手に持ち、身構えている町人に走り寄る。

町人は啓太郎だった。

「見張っていたのか」

声をかけた弥兵衛に、啓太郎が応じた。

「わけは後で。半次が若旦那を呼びにいっています。じきに駆けつけられるはず」

「浪人はわしが引き受ける。おまえは町人とやりあえ」

「わかりました」

不敵な笑みを浮かべて、啓太郎がこたえた。

「探索しているときは、いつも持ち歩いている半次の匕首、手入れが行き届いていて、刃こぼれひとつしてません。小太刀のつもりで使います」

「使い慣れぬ武器。油断は禁物。できれば長脇差を奪い取れ」

「わかりました」

浪人たちが包囲を狭めてくる。

「斬り込むぞ」

声をかけて、弥兵衛が正面の浪人に斬りかかる。

当て身をくらい、ひとり欠けた右手の町人へ向かって、啓太郎が突っ込んだ。

長脇差を振り回し、町人が啓太郎を迎え撃つ。

突然、啓太郎が匕首を投げつけた。

町人の右太腿に、匕首が突き立つ。

悲鳴を上げ、長脇差を放り投げて町人が転倒した。

転がった長脇差を、啓太郎が拾う。

長脇差を手に、弥兵衛を振り返った。

左から打ちかかってきた浪人の大刀を、弥兵衛は跳ね上げていた。

右手から斬り込んできた浪人の手首を、身をかわしながら袈裟懸け（けさが）の一刀で斬り裂く。

浪人の手から大刀が滑り落ちた。

浪人が手首を押さえて後ずさる。

「爺（じじい）とみて油断するな。取り囲め」

頭格らしい浪人が吠える。

その声に、浪人たちが一斉に動いて、ふたりを囲んだ。

そのとき……。

「曲者。許さぬ」

呼ばわり、抜き身の大刀を手に紀一郎が駆け寄ってくる。

傍(かたわ)らに、寄棒を小脇に抱えた半次の姿があった。その後ろから、やはり寄棒を手にした若党と中間が走ってくる。

声のほうを振り向いて、頭格が怒鳴った。

「引け。怪我人はふたりでかかえろ。逃げるのだ」

浪人たちが一斉に逃げ出した。匕首がささった町人に駆け寄った浪人のひとりが匕首を引き抜き、その場に捨てる。

傷ついた町人を両脇から支えて、浪人ふたりが逃げていく。当て身を食らった町人も左右から浪人に抱えられ、後を追った。

大刀を構えたまま後ずさりしていた頭格たちが、怪我人が遠ざかるのを見届けるや、背中を向けて走り出した。

逃げ去る浪人たちに、

「待て」

追いかけようとした啓太郎に、弥兵衛が声をかける。

「追うな」

動きを止めて、啓太郎が振り返る。

そばにきて、紀一郎が話しかけた。

「大丈夫ですか」

「心配ない」

弥兵衛が手にした長脇差に、紀一郎が目を向ける。

「体当たりして長脇差を奪った」

「無理はしないでください。襲ってきた連中に心当たりは」

訊いてきた紀一郎に、

「ない。いまかかっている探索にからんだ奴らだとしたら、手回しがよすぎる」

「父上が落着してきた事件がらみの輩（やから）かもしれませんね」

「わからぬ」

弥兵衛が首を傾げたとき、半次の声が上がった。

「あった」

声のしたほうを見やった弥兵衛の目に、匕首を掲げている半次の姿が飛び込んできた。

傍に立つ啓太郎が、ほっとしたような笑みを浮かべて半次に声をかける。

「よかった。太腿に匕首を突き立てたまま逃げていったかもしれないと心配していたんだ」

啓太郎が片手で拝む格好をした。

にやり、として、半次が啓太郎の肩を軽く叩く。

ふたりに弥兵衛が呼びかけた。

「引き上げるぞ」

長脇差を下げたまま、弥兵衛が歩き出す。

大刀を鞘に収めた紀一郎が、半次と啓太郎、若党と中間が後を追った。

六

屋敷の前で千春、お松、お加代、一歩前に出て顔を突き出すようにしてお葉が待っていた。

肩をならべた弥兵衛と紀一郎、一歩遅れて啓太郎と半次、若党たちがもどってきた。

「どうでした」

声をかけてきた千春に紀一郎が応じた。

「逃げられた。父上は無傷だ」

後ろから啓太郎が声を上げた。

「親爺さんがひとりに当て身をくらわし、私の投げつけた匕首はひとりの太腿に突き刺さりました。待ち伏せの奴ら、若旦那たちが駆けつけられたのを見て、ほうほうの体で逃げていきました。これはぶんどった長脇差で。親爺さんのぶんどった分と二刀、後で始末しなきゃなりません」

得意げに啓太郎が長脇差を掲げてみせた。

わきからお加代が声を上げた。

「啓太郎さん、調子に乗りすぎると、今度は怪我するよ」

「人がいい気分でいるのに、これだ。まいったね」

苦笑いして、啓太郎が長脇差を下げた。

声を高めて、お葉が訊いた。

「太腿を突き刺された人、死んだんですか」

気楽な口調で半次がこたえた。

「仲間に支えられて、逃げていったよ」

「そうですか」

こたえたお葉の面（おもて）に、微かに笑みが浮いたように見えた。

その変化をお加代は見逃していなかった。

「お葉ちゃん、何で、旦那さまを待ち伏せしていた奴らのことなんか気にするの」

一瞬、お葉が狼狽（ろうばい）した気配を見せた。

あわてて、打ち消す。

「死人が出たら、何かと面倒だと思って訊いただけ。気にさわったら、ごめんなさい」

お加代と目を合わさないようにして、お葉が頭を下げた。

紀一郎と千春が、啓太郎と半次が思わず顔を見合わせた。

弥兵衛とお加代は、無言でお葉を見つめている。

取りなすように、お松が言った。

「なかに入りましょう。いつまでも外にいることはないでしょう。さあ、旦那さま」

目配せしたお松に、

「その通りだ。一騒ぎあった。人目がある。入ろう」

表門の潜り口へ向かって、弥兵衛が足を踏み出した。

紀一郎と千春、若党と中間が、お加代がお葉の袖を引き、最後にお松がつづいた。

勝手の土間からつづく板敷で、弥兵衛と啓太郎、半次が車座になった。お松たちはそれぞれ自分の部屋に引き上げている。

開口一番、弥兵衛が訊いた。

「なぜ迎えに出ていたのだ。離れに帰ってきたとき、何者かが潜んでいることに気づいたからか」

半次が応じた。

「もどってきたときは、そんな気配はありませんでした。啓太郎はどうだった」

「おれも気づかなかった。ただ」

相槌(あいづち)を打った啓太郎に弥兵衛が問うた。

「ただ、何だ」

問い返した弥兵衛に、ふたりが顔を見合わせた。

うなずきあい、半次が啓太郎に向かって、軽く顎をしゃくる。

口を開いたのは、啓太郎だった。

「今日、恵比寿屋を張り込んでいたのが、表と裏、それぞれひとりだけだったんで」

ことばを半次が引き継いだ。

「いつもと違うんで、何かあるんじゃねえかと話し合っていたところへ、先に若旦那だけが帰ってこられた。それで、親爺さんがもどられるまで外で見張っていようということになって」

「迎えに出ていたのか」

「そうです」

　啓太郎がこたえ、半次が無言でうなずいた。

「待ち伏せしていた連中には、気づかなかったか」

　問いを重ねた弥兵衛に、啓太郎がこたえた。

「最初はばらばらに散らばっていたので、まさか待ち伏せしているとはおもいませんでした」

　半次が言い足した。

「親爺さんの姿が見えた途端、奴らが急に集まってきて、通りの両側の塀に身を寄せやした。これは待ち伏せかもしれないとふたりで話して、それで、おれの匕首を剣術が達者な啓太郎に渡して、あっしは若旦那を迎えに走ったというわけで」

「よい判断だ。おかげでたすかったよ」

「ほんとですかい」

「珍しく親爺さんに褒められた」

相次いで半次と啓太郎が声を上げた。

そんなふたりを、優しく包み込むような眼差しで弥兵衛が見やっている。

七

翌朝、仕込み杖を手した弥兵衛は、啓太郎や半次とともに離れを出た。

ふたりには、とりあえず恵比寿屋に行き、恵比寿屋の表で待つように言ってある。

弥兵衛は、まず恵比寿屋に行き、伊勢屋と近江屋仮出店の場所を聞き出した後、半次には伊勢屋を、啓太郎には近江屋を張り込ませるつもりでいた。

そのことは昨夜のうちに伝えてある。

弥兵衛は、恵比寿屋に居座って近江屋仮出店がくるのを待つ、と決めていた。

恵比寿屋は、

「近江屋は三日と置かずにやってきて、半日ほど居座り、店の様子を窺っては、商売の状況を根掘り葉掘り聞き出し、利息の期日を告げて引き上げていく」

と言っていた。

今日あたり、近江屋は恵比寿屋にやってくるかもしれない、と推測しての弥兵衛の動きであった。

ふたりを恵比寿屋からは姿が見えない辻に待たせた弥兵衛は、恵比寿屋に入っていった。

近くにいる手代に、弥兵衛が声をかける。

「北町奉行所前にある腰掛茶屋の主人で弥兵衛といいます。ご主人にお会いしたい。とりついでほしい」

手代は、先日弥兵衛が、名主の三右衛門と一緒にきたことを覚えていた。

「お待ちください」

と奥へ姿を消した。

ほどなくして、手代がもどってきた。

「主人から接客の間へお連れするように言われております。こちらへ」

「わかりました」

畳敷きの間の上がり端に、弥兵衛が足をかけた。

すでに恵比寿屋は接客の間で待っていた。

名主の仲立ちの功は大きかった。

恵比寿屋は、戸惑いながらも弥兵衛を笑顔で迎え入れた。

向かい合って弥兵衛が座るのを見届けて、恵比寿屋が訊いてきた。

「何かありましたか」

笑みをたたえて、弥兵衛が応じた。

「私の調べを手伝ってくれる者に、伊勢屋と近江屋のことを調べさせようと思いましてね。伊勢屋と近江屋の所在を教えてもらいますか」

「近江屋はともかく伊勢屋を、なぜ調べられるのですか。伊勢屋とは長い付き合い。調べる必要はないと思いますが」

「念のために調べたいのです。何が出てくるかわかりません」

「そんなものですか」

「何にでも表と裏があります。思いがけない隠し事があるかもしれない」

「わかりました。名主さんの仲立ちです。信用しています。伊勢屋と近江屋へ行く道筋を記した絵図を書きましょう」

　廊下へ向かって、恵比寿屋が呼びかけた。

「筆と硯と墨、それから紙を持ってきておくれ」

「すぐにお持ちします」

　廊下で控えていたのか、襖ごしに手代の声が聞こえた。

　手代が去って行く気配がした。

　弥兵衛が声をかけた。

「さっそく手配りしていただき、ありがとうございます。もうひとつ、お願いがあります」

「お願い？　何でしょう」

「近江屋さんとの話し合いに、同座させてもらえませんか」

「それは、しかし」

　首を傾げて、恵比寿屋が黙り込んだ。

　しばしの間があった。

顔を弥兵衛に向けて、口を開いた。

「同座することは勘弁してください。近江屋が気分を害するかもしれません。貸した金をすべて返せ、と強談判が始まるおそれもあります。こうしてもらえませんか。隣の部屋に潜んで、話を聞いていただくというのはどうでしょう」

恵比寿屋の話にも一理があった。

「そうしますか。私は、話し合いのなかみがわかればいいんです。口調や息づかいで相手の考えていることがわかるときもありますから」

「たしかに」

神妙な面持ちで恵比寿屋が応じた。


小半時（三十分）後、弥兵衛は近くの辻で啓太郎と半次に、恵比寿屋が書いてくれた伊勢屋と近江屋へ行く道筋を記した絵図を手渡していた。

受け取った絵図をふたりが懐に入れる。

じっと見つめて弥兵衛が告げた。

「まずは聞き込みをかけてくれ。今度は、相手に気づかれないように動いてもらいたい。慎重にな」

「わかりやした」

「そうします」

相次いで、半次と啓太郎がこたえた。

第五章　習わぬ経は読めぬ

一

接客の間で、近江屋江戸仮出店の主人雁七と恵比寿屋が話している。

隣の部屋に潜（ひそ）んで、弥兵衛は聞き耳をたてていた。

あくまでも推測の域をでないが、昨夜の襲撃は雁七の指図によるもの、と弥兵衛は考えている。

「表と裏を見張っている男が、それぞれひとりしかいなかった」

半次と啓太郎から、そう聞いていた。

襲撃には町人が四人加わっていた。

いとも簡単に当て身が決まり、長脇差を奪い取ることができた。啓太郎も、投げつけた匕首が太腿に突き立ったとはいえ、やすやすと長脇差を奪っている。そういう点から推測して、町人たちは斬り合いに慣れていないのではないか、と思われた。

浪人たちだけだったら、大刀を奪うのは難しかったに違いない。浪人たちはまあまあの剣の使い手だった。十人とも浪人だったら、刀を奪えなかったかもしれない。

襲撃に加わった面子は、にわか仕立てで集められたのだろう。弥兵衛はそう見立てていた。

雁七は同じなかみの話を何度も繰り返している。

利息の期日が明日に迫っていること、恵比寿屋の商売のやり方に不満があるということ、一回でも利息の支払いが遅れたら、すぐに店の権利を譲ってもらうことなど三つの話を、言い方を変えてつづけていた。

多額の金を借りている恵比寿屋は、ことばを荒立てることもなく、穏やかな口調で相槌を打っている。

（よく耐えている。恵比寿屋は一代で身代を築いたと三右衛門から聞いたが、歯を食いしばり、苦労に苦労を重ねて這い上がってきたのだろう）

弥兵衛は、一見小ずるそうに見える、恵比寿屋の別の一面を見たような気がしていた。

昼九つ（午後零時）過ぎに顔を出した雁七は、ずるずると居座り、引き上げた刻限は夕七つ（午後四時）を大きく回っていた。

帰り際、雁七が恵比寿屋に告げた。

「恵比寿屋さんを見張らせている奉公人たちの話だと、このところみょうな爺が出入りしているようだね。私との取引に不満があって、その爺に何らかの相談を持ちかけているんじゃないのかい」

あわてて、恵比寿屋が打ち消した。

「そんなことはありません。あの爺さんは、お世話になった人の仲立ちで出入りしているだけで、気のおけない話し相手なんです。それだけですよ」

厭味な口調で雁七が念を押した。

「これだけは言っておくよ。恵比寿屋さんが、私に逆らうような動きをみせたら、その時点で貸した金と、その日までの利息、耳をそろえて返してもらうからね。返せないときは、約束どおり店をいただく。このこと、証文にも書いてある。わかってるね」

「金を借りるときの約束事、じゅうじゅう承知しております」

「なら、いい。引き上げさせてもらいます。明日、利息を受け取りにきますよ。それから、なかなか元金を返してもらえない。明日も利息だけだったら、いままでと同じ金高のまま、利息の期日を十日後ということにします。いいですね」

「それは、あまりにも」

　声を上げた恵比寿屋が、高ぶった気持を懸命に押し殺したのか、息を呑んで、黙り込んだ。

「ひどい、とでもいいたいのかい。私は銭屋だ。銭で銭を稼ぐ商人だよ。銭のためなら鬼にも蛇にもなる男さ。それじゃ、明日、取り立てにきますよ」

「わかりました」

　応じた恵比寿屋に、ことばを返そうともせず、雁七が立ち上がる気配がした。

　つづいて恵比寿屋が立って、小走りに襖（ふすま）へ向かった。

弥兵衛もまた、襖のそばへ膝行する。

襖を細めに開けた。

雁七が、弥兵衛の潜んでいた部屋の前を通り過ぎていく。

弥兵衛が瞠目(どうもく)した。

ずんぐりむっくりした体格で五十がらみ、色黒で太い眉(まゆ)の、初めて見る顔だった。

表へ向かって廊下を歩いていく雁七を見送るために、恵比寿屋が一歩遅れてついていく。

店の前で、恵比寿屋が雁七を見送っている。

たいがいの店の主人は手代などをしたがえて、駕籠(かご)に乗ってくる。が、雁七はひとりだった。せかせかした足取りで歩いて行く。

店から出てきた弥兵衛が、恵比寿屋の脇をすり抜けながら、小声で話しかけた。

「私を見ないようにしてください。近江屋江戸仮出店の主人をつけます。明日、また」

目を雁七に向けたまま、恵比寿屋がこたえた。

「頼みます」

無言でうなずいて、弥兵衛が雁七をつけ始めた。

二

半次は聞き込みをつづけている。

伊勢屋を悪くいう者はいなかった。

綿織物、麻織物は太物（ふともの）と呼ばれている。絹織物は高級品で、庶民には手が出なかった。

伊勢屋は売り物の、一反に仕上げてある布帛（ふはく）、いわゆる反物を、大人の着物一着分に切って売っている。一反は幅九寸五分の並幅で、鯨尺（くじらじゃく）二丈六尺または二丈八尺の長さの布だった。

おおまかに着物一着分といっても、人によって躰（からだ）の大きさが違うため、当然、大人の着物をつくるには足りない、半端物が出てくる。

毎年師走（しわす）に、伊勢屋はその半端物の布を、主催するくじ引きで当たった近所の住

人たちに、ただで配っていた

さらに伊勢屋の主人は世話好きで、祭りや近所の祝い事などには必ず過分の祝儀（しゅうぎ）を出している、という。

聞き込みながら、人の出入りも見張っていたが、伊勢屋には取引先や買物にきた客と思われる人たちがきているだけで、恵比寿屋のように一癖ありそうな顔つきの男たちが張り込んでいる様子はなかった。

いつものことだが、半次は探索に夢中になると、つい飯を食うことを忘れてしまう。

この日もそうだった。

夕七つ（午後四時）を告げる時の鐘が風に乗って聞こえてきたときに、昼飯を食べていないことに気がついた。

途端に腹を満たしたくなった半次は、間近の蕎麦（そば）屋に入った。

蒸籠（せいろ）二枚を平らげた半次は、もう一働きしようと暖簾（のれん）をかき分け、外へ出ようとして動きを止めた。

蕎麦屋のほうへ歩いてくる男と女がいる。

入っていく。

木戸門の前で足を止めた半次は、周りを見渡した。

張り込む場所がみつかったのか、足を踏み出す。

木戸門を見張ることができる通り抜けに、半次は半時（一時間）ほど身を潜めていた。

男は出てこない。

張り込んでいる間、男女が五人ほど木戸門から入っていった。

高値の品にはみえないが、みんな、こぎれいに身なりをととのえている。

女たちの出で立ちからみて、

（仲居に違いない）

と半次は見立てていた。

（この建屋は料理茶屋か）

そう思った半次は、身を潜めていた場所から通りへ出た。

表へ回る。

見世の軒行灯に、

〈料理茶屋　梢風〉

と瀟洒な筆文字で書いてあった。

梢風の前に半次は立っている。

〈お葉ちゃんと一緒にいた男、この見世の板前かもしれない〉

胸中でつぶやいて、梢風に背中を向けた。

三

近江屋江戸仮出店と思われる二階家へ雁七が入っていくのを見届けて、弥兵衛は引き上げることにした。

近くに啓太郎が張り込んでいるはずだった。

いま、ここで会うべきではない。近江屋江戸仮出店の二階の障子窓を細めに開けて、近江屋の奉公人が見張っているかもしれない。帰って行く弥兵衛をみれば、啓太郎は声をかけてこなかったわけを察知するだろう。弥兵衛は、そう推断していた。

歩きながら、弥兵衛は、恵比寿屋について考えている。

（口では信頼しているようなことを言いながら　恵比寿屋は、まだわしのことを全面的には信じていない。わしも同じようなものだ）

昨夜、何者かに襲われたことを、弥兵衛はあえて恵比寿屋に話さなかった。襲ってきた一群が、雁七の息のかかった連中だと判明したわけではない。

下手に推測を伝えて、恵比寿屋から、

「確たる証があるのなら、話してもらいたい」

と追及され、

（答えられるほどの手がかりはつかんでいない）

と応じようものなら、

「証もないのに、雁七さんを陥れようという了見としか思えない」

と、見限られるおそれがある。

それが、話さなかった理由だった。

（付き合っていくうちに、おたがい信用できるようになるだろう」

うむ、と弥兵衛はうなずいた。自分自身を納得させるための所作であった。

手にした仕込み杖に目を向ける。

(今度襲われたときは、斬る)

胸中でつぶやいた。

仲間を斬られたら、相手はどう出てくるだろう。弥兵衛は、

(さらに攻勢に出てくるだろう)

と予測していた。

受けて立つ覚悟はできている。

どんな聞き込みができたか。ふたりの話を聞くのが楽しみだ。そう思いながら、弥兵衛は足を速めた。


夜五つ(午後八時)過ぎ、弥兵衛の部屋で、三人は車座になっている。

堀江町の近江屋江戸仮出店を張り込んだ啓太郎は、堅気(かたぎ)の出で立ちはしているが、商人らしからぬ一癖ありげな男たちが出入りしていること、近江屋江戸仮出店との看板は出ていないことなどを話した。

　さらに、近江屋江戸仮出店の主人、奉公人たちと近所の住人との付き合いはなく、住人のなかには気味悪がっている者たちもいる、と聞いた弥兵衛が、

「近江屋江戸仮出店はいつからそこに住み着いたのだ」

　と問いかけた。

「一年足らずだそうです」

　こたえた啓太郎に、

「一年足らずか」

　つぶやいて、弥兵衛が首を傾げた。

(伊勢屋と近江屋江戸仮出店の雁七が、いつどこで知り合ったか、調べたほうがよさそうだな)

　と、思い始めている。

　顔を半次へ向けて、弥兵衛が訊いた。

「伊勢屋について聞き込んだことを話してくれ」

「伊勢屋の評判は悪くありません。世話好きで、近所の住人たちから好かれていますす」

年末に伊勢屋主催のくじ引きをやり、半端物の反物を住人たちにただでわけてやっていること、祝い事や祭りのときは多額の祝儀をはずむことなどを、半次が話した。

口をはさむことなく、弥兵衛は聞き入っている。

「十数人、聞き込みましたが、似たような話が多くて、今日はそんなところです」

申し訳なさそうに半次が頭を下げた。

「そうか」

と弥兵衛が応じる。

偶然出会ったお葉のことを、話すか話さないほうがいいか、最後まで半次は迷っていた。

結句、話さないことにした。お葉は、捨てられた男と再会し、やけぼっくいに火がついたのかもしれない。弥兵衛に話したら、恋路の邪魔をすることになりかねない。

昨夜の接し方からみて、男と楽しげに歩いていたことがお加代に知れたら、お葉にもっとつらく当たるに違いない。

頼るべき人がいないに等しいお葉のことを、捨て子だった自分と照らし合わせて、半次なりに心配しているのだった。

ふたりに視線を流して、弥兵衛が告げた。

「わしは、恵比寿屋と近江屋江戸仮出店の主人雁七が話している部屋の、隣の座敷に身を潜めて聞き耳をたてていた」

猫が鼠をいたぶるような雁七のねちっこい催促の仕方に、冷酷で何事にたいしても計算ずくの、真綿で首を絞めるように狙った相手を追い詰めていくやり方に長けていると感じたこと、厳しく攻めたてて、情け容赦もなく恵比寿屋を乗っ取るに違いないと推断していることなどを話した後、付け加えた。

「わしは明日も恵比寿屋に詰める。半次は伊勢屋、啓太郎は近江屋江戸仮出店を、今日につづいて張り込んでくれ」

「わかりやした」

「抜かりなく、見張ります」

相次いで半次と啓太郎が応じた。

四

弥兵衛たちが話し合っていたころ、近江屋江戸仮出店の一間に、雁七や奉公人たち、浪人ふたりが集まっていた。

ただし、上座にいるのは雁七ではなかった。

四角い顔かたち、薄い眉に細い目、低い団子鼻、大きくて分厚い唇、猪首でがっちりした体軀の五十過ぎの男が座っている。

その脇に雁七が、座敷の左右の壁沿いに、奉公人たちと浪人ふたりが控えていた。

雁七が五十過ぎの男に、恵比寿屋との話し合いのなかみを報告している。

話し終えて、雁七が問いかけた。

「お頭」

お頭と呼びかけられた男が、じろり、と目を向けた。

「いままでどおり、豪三兄貴でいい。ほかの者はともかく、今回は顔を知られているおれには、できない仕掛け。それで、雁七、おまえに助っ人を頼んだんだ。手下たちにとっちゃ、お頭だが、おまえは弟分で客分。おれをお頭と呼ぶことはない」

神妙な顔をして、雁七がこたえた。

「そうはいかない。おれひとりを特別扱いしてくれるのはありがたいが、それでは一味としてのしめしがつかない。お頭と呼ばせてもらうよ」

苦笑いして、豪三が応じた。

「昔っから変わらないな。義理がたいことこの上ない」

口調を変えて豪三が問いかけた。

「恵比寿屋と話している場に爺はいなかった、と言ったな」

「いなかった。何か気になることでもあるのか」

「手下のひとりが、恵比寿屋に入っていく爺を見ているんだ」

顔を向けた豪三が、ことばを重ねた。

「藤太、爺が恵比寿屋へ入っていくのをたしかに見たんだな」

顔を突き出すようにして、藤太が豪三にこたえた。

「見ました」

目を雁七にもどして、豪三が言った。

「聞いてのとおりだ。雁七と恵比寿屋が話しているときに、爺は店のなかにいた。隣の部屋に潜んで、話を聞いていたに違いない」

その場の様子を思い浮かべるように首をひねった雁七が、独り言のようにつぶやいた。

「そう言われてみると、思い当たるふしがある。いま思えば、恵比寿屋の様子がおかしかった。ちらちらと隣の気配を窺っていたような気がする」

「そうか。今度も邪魔をする気だな」

一同に目を走らせて、豪三が告げた。

「昨夜の襲撃は失敗した。爺がおれたちを疑っているのは明らかだ。その証に爺の手先の若い衆が、この屋の周りをうろついて、聞き込みをかけていたのを磯吉が見ている」

顔を豪三に向けて、磯吉が声を上げた。

「間違いありません。恵比寿屋を張り込んでいたときに何度か見かけた、ふたりのうちのひとりで。気づかれないように二階の障子窓を細めに開けて、野郎が歩き回り、何人かに話しかけていたのを、ずっと見ていました」

わきから雁七が割って入った。

「このままやらせておくわけにもいくまい。その野郎をとっ捕まえて、いたぶってやろう」

「そうよな」

と豪三がつぶやき、

「銀八、おまえが千住でものにして、爺のところに密偵として送り込んだお葉に、もっとくわしくあいつらの動きを探らせろ」

末席に座っていた銀八が応じた。

「わかりました。腕に縒りをかけます」

見据えたまま、豪三が告げる。

「それと、お葉の顔を知っている奴が、近くに張り込んでいる。お葉と会うのは、少し離れた場所にしろ。去年は爺に邪魔されて、企みが頓挫した。今度は失敗できない。爺が元与力であろうと、手加減する気はない。尻尾をつかまれる前に始末をつける」

一方の壁側の、豪三の近くに座る浪人に向き直って、ことばを継いだ。

「村田さん、北町奉行所が乗り出す前に、爺の始末をつけてください。頼みますよ」

「必ず仕留める」

こたえた村田は、昨夜弥兵衛を襲った、浪人たちの頭格に違いなかった。

目を雁七に向けて、豪三が告げた。

「明日恵比寿屋へ行ったら、爺を恵比寿屋に足止めして、動きを止めるのだ。利息は情け容赦もなく取り立てろ。それと、夜遅くまで粘れ。村田さんたちが、爺を始末しやすくなる」

「わかりました。できるだけ、ねちねちと恵比寿屋をいたぶってやりますよ」

応じた雁七が、皮肉な顔つきで薄ら笑った。

五

翌日昼四つ（午前十時）過ぎ、弥兵衛は仕込み杖を手に、恵比寿屋にやってきた。

手代たちは主人から言われているのか、丁重な扱いで弥兵衛を迎え入れた。

ひとりが接客の間の隣室へ案内する。

仕込み杖を手放さないのが気になっていたのか、部屋から出る直前に手代が訊いてきた。

「足がお悪いのですか」

用心のために持ち歩いている仕込み杖だった。

思いがけない問いかけに、周りではそう見られているのか、と弥兵衛はあらためて思い知らされた。

咄嗟（とっさ）に話を合わせることにした。

「寄る年波。あちこちが悪くなる」

嘘も方便と割り切った上での返事であった。

同時に、歩くとき、たまには杖をついてみせたほうが、持っているのが仕込み杖だと疑われずにすむ、とも思いはじめていた。

（いいことを気づかせてくれた）

手代に、礼を言いたいくらいの気持でいる。

出て行った手代と入れ替わりに、恵比寿屋が部屋に入ってきた。

暗い顔をしている。

「どうしました」

思わず、弥兵衛が問いかける。

苦笑いして、恵比寿屋がこたえた。

「今日も利息しか払えません。もっとも、あちこち走り回っても、うちの状況を知っている取引先が、金を貸してくれるはずもありませんが。雁七がどんな話をしてくるか、これから先のことを考えると頭が痛い」

無理に明るい顔をして、作り笑いをした。が、陰鬱を隠しきれずに、目が沈んでいる。

「雁七さんはいつも昼過ぎにやってきます。食べ損なうおそれがあるんで、昼飯はその前に運ばせます。申し訳ないが、ずっとこの部屋にいてください」

「わかりました。厠へ用足しに行くとき以外は、ここにいます」

笑みをたたえて、弥兵衛が応じた。

いつもと違って、雁七が恵比寿屋にきたのは昼八つ（午後二時）過ぎだった。

接客の間で恵比寿屋と向き合って座るなり、雁七が切り出した。

「今日は元金の一部も払ってもらえるんですね」

「利息だけ、ということでご勘弁願いたい」

言いにくそうに恵比寿屋がこたえる。

「利息だけですか」

「このところ仕入れに金がかかっていまして。これが支払い分です。あらためてください」

恵比寿屋が前に置いていた、利息分の小判などを載せた丸盆を、畳の上を滑らせて雁七に差し出した。

「あらためさせてもらいますよ」

積まれた小判を手にとり、雁七が数えだした。

隣室で、弥兵衛は雁七と恵比寿屋のやりとりに聞き耳をたてている。

金を数え終えた雁七が、

「利息分、たしかに受け取りました。どうせ利息だけだと思っていたんで、あらかじめ受け証を書いてきました。どうぞ」

懐から証文を取り出したのか、紙に触っているような音がした。

受け取ったのか、

「受け証、いただきました」

との、恵比寿屋の声が聞こえた。

「ところで、昨日伝えたとおり、次の利息の支払日を十日早めさせてもらいます。いいですね」

「そんな理不尽な。利息はちゃんと払っています。こんなやり方、高利貸しと同じだ」

気持を抑えきれなかったのか、恵比寿屋が声を高める。

そんな恵比寿屋を歯牙にもかけず、雁七が告げた。

「利息を払えないときは、不足分を貸し金に組み入れます。貸金の高が増え、同時に利息も増える計算になっていく。わかりますね」

「そのくらいのこと、子供だってわかりますよ」

不満げに恵比寿屋が応じた。

鼻先で笑って、雁七が言った。

「子供だってわかると言われましたが、これから先伝えることも、子供でもわかる話です。利息の不足分が、最初に用立てた金の一割に達したときは、株仲間として認める旨を記した証文を、預からせてもらいます」

「それは困る」

恵比寿屋の声がうわずっている。明らかに焦っていた。

冷ややかな口調で、雁七がこたえる。

「困るのは、私のほうですよ。大坂にいる近江屋の主人に『用立てた金を返してもらえないのは、おまえの取り立て方が悪いからだ』と怒られます。主人は厳しいお人。奉公人の私を許さないでしょう。辞めさせられるかもしれない」

雁七が埒(らち)もないことを言い始めた。

聞いているだけでも苛立ってきそうな、ねとねとした雁七の話しぶりだった。

（相手をしている恵比寿屋は、ならぬ堪忍(かんにん)するが堪忍と己に言い聞かせ、耐えているだろう。我慢の緒が切れなければいいが）

そう思いながら、弥兵衛は隣室の話を聞くことに気を集中した。

六

伊勢屋を見張ることができる通り抜けに、半次は身を潜めている。

繁盛しているらしく、客の出入りは絶えなかった。

恵比寿屋に、近江屋江戸仮出店の雁七を仲立ちしたのは伊勢屋だった。

そのうちに、どこか怪しげな奴が店に出入りするはずだ。そう思って、張り込みをつづけている。

が、昨日も今日も、何の変化もなかった。

退屈極まりない。

思わずため息をついていた。

首を回す。

(聞き込みでもするか)

左肩を拳(こぶし)で軽く叩いて、半次は立ち上がった。

通りへ出る。

周りを見渡した。

聞き込みをする相手を探している。

（歩き回って探すか）

胸中でつぶやいて、足を踏み出した。


近江屋江戸仮出店を見張っている啓太郎は、身を隠す場所を二度変えていた。

最初は通りをはさんで向かい側にある、町家の外壁に身を寄せた。

一刻（二時間）ほど過ぎたころ、仮出店から出てきた奉公人のひとりが啓太郎のいるところへ歩み寄ってきた。

（気づかれたか）

身構えた啓太郎の近くまできた奉公人は、踵(きびす)を返して仮出店へもどっていった。

明らかに、啓太郎がいることをたしかめにきた動きだった。

町家の外壁から離れた啓太郎は、仮出店に背中を向けた。

ひとつ目の辻を左に曲がり、三つ目の通り抜けを左へ折れる。

斜め脇から仮出店の表を見張ることができる、通り抜けであった。

近江屋仮出店が面した通りの出入り口に、啓太郎は身を置いた。

再び一刻ほど過ぎたころ、さきほど近くまでやってきた奉公人が仮出店から出てきた。

今度も、啓太郎がいる通り抜けへ向かって歩み寄ってくる。

（そこにいるのはわかっている。そう伝えるためにやっている動きか）

察知した啓太郎は、再び近江屋仮出店に背中を向けた。

通り抜けを右へ曲がった啓太郎は、今度はひとつ目の通り抜けを右へ入った。

前にいた通り抜けより、近江屋江戸仮出店を近くから見張ることができる通り抜けであった。

（親爺さんは、恵比寿屋を見張っているときには『張り込んでいる相手に見張っていることを知られてもいい』と言っていた。今度もそうしよう。喧嘩を仕掛けられたら、一目散に逃げるだけだ）

そう腹をくって、啓太郎は歩を運んだ。

三度目の張り込み場所で見張り始めて、すでに二刻（四時間）近く過ぎ去っている。

まだ仮出店から、奉公人は出てこない。

見張られていることを承知の上での、奇妙な張り込みだった。

表戸から出てくる者はいない。

(おそらく裏口から出入りしているのだろう。裏口を張り込んだら、表戸から出入りするだろう。しょせん鼬ごっこ。今日のところは、ここで張り込もう)

大胆にも啓太郎は、通り抜けの出入り口の際に立った。

堂々と姿をさらして、近江屋仮出店を見張っている。

聞き込む相手を探して歩き出した半次は、

(伊勢屋の聞き込みをつづけても、聞き込める話は昨日と大差ないだろう。お葉ちゃんと歩いていた男が梢風の奉公人かどうか、たしかめてみるか)

思い立って、堀江六軒町へ足を向けた。

(奉公人なら、裏口から出入りするはずだ)

そう推測した半次は、梢風の裏口をのぞむことができる、町家の外壁に身を寄せた。

壁にもたれて、張り込みをつづけている。

七

夜五つ（午後八時）過ぎに、雁七は引き上げた。

用意させた夕食を食べるとき、厠へ行くとき以外は、恵比寿屋を前に座らせ、雁七は今後の返済の仕方と、滞った場合の恵比寿屋にたいしてとる処置について、繰り返し話した。

耐えられなくなった恵比寿屋が口答えでもしようものなら、ことばの端々にまでけちをつけ、からみつづけた。

恵比寿屋は気の回る男だった。雁七が厠に立ったときに、弥兵衛に声をかけてきた。

「これからは同じ話の繰り返しです。部屋から出て、先ほど案内してきた手代に声をかけ、雁七が帰るまで別室で待っていてもらいたい。この先、どんなことを話したか、そのときに伝えます」

と言ってくれた。

雁七が引き上げた後、弥兵衛がいる部屋に恵比寿屋が顔を出した。

「あれから後は思ったとおり、雁七さんは同じ話をねちねちとつづけました。新たに伝えることはありません」

と言ったあと、弥兵衛をじっと見つめてことばを重ねた。

「明日もきていただけますか」

気弱になっているのか、縋るような眼差しだった。

「わかりました」

見つめ返して、弥兵衛がこたえた。

夜遅くまで雁七が恵比寿屋にいたわけを、屋敷へ帰る道筋で弥兵衛は考えつづけた。

（わしを仕留めやすくするための方策か）

と思ったりする。が、

（先日、襲われたばかりだ。そんなことはあるまい）

打ち消す思案が湧いて出る。

そんな思いにふけりながら道浄橋(どうじょう)を渡り、川沿いの道を数歩すすんだところで弥兵衛の足が止まった。

すさまじい殺気を感じたからだった。

仕込み杖を小脇に抱えて身構える。

殺気の主が姿を現すまで動かぬ、と決めていた。

重苦しい沈黙が、あたりを支配する。

すでに深更四つ（午後十時）は過ぎていた。

町家から漏れ出る明かりはない。

じれたのか、前方の町家の陰から、黒い影が現れた。

月は雲間に隠れている。

闇に浮かんだ影を、弥兵衛が胸中で数えた。

（……七つ、八つ。八人か。全員、二刀を帯びている）

大刀を抜き連れながら迫ってくる。

雲間から出た月が、おぼろに浪人たちを照らし出した。

盗っ人かぶりをしている。

（先夜、襲ってきた浪人たちに、新手を加えた一群）

弥兵衛はそう判じていた。

金縛りにあったかのように、弥兵衛は微動だにしない。

左脇に抱えた仕込み杖に右手をかけ、身構えていた。

浪人たちが間合いを詰めてくる。

斬りかかれば、骨を断ち切ることができる隔たりに達したとき、左右の浪人たちが動いた。

弥兵衛に向かって、同時に突きを入れてくる。

切っ先が弥兵衛の躰に突き立つ、と思われた瞬間、弥兵衛の躰は地に転がっていた。

転がりながら、仕込み杖を左右に薙いでいる。

すねを斬られたふたりの浪人が、その場に崩れ落ちた。

跳ね起きざま弥兵衛が、仕込み杖を斜め左右に振る。

横倒しになった浪人たちの首の根元が斬り裂かれ、血が噴き上がる。

返り血を避けるかのように、岸辺へ一跳びした弥兵衛が、仕込み杖を斜め下段に構えた。

間合いを詰めてきた浪人のひとりが、袈裟懸け（けさが）けに斬りかかる。

振り上げられた仕込み杖が、浪人の大刀を高々と撥ね上げていた。

別の浪人が襲いかかる。

一歩動いて切っ先を避けた弥兵衛の袈裟懸けの一刀が、浪人の左上腕を袖ごと斬り裂いていた。

腕を押さえて、浪人がよろける。

形勢不利とみたか、頭格の浪人が怒鳴った。

「引き上げろ。斬られたふたりは捨てていく」

後退った浪人たちが、弥兵衛は動かぬと見極めたのか、一斉に背中を向けて走り出した。

逃げ去る浪人たちを、弥兵衛が凝然（ぎょうぜん）と見つめている。

第六章　鰯の頭も信心から

一

屋敷に帰った弥兵衛は、その足で母屋へ向かった。

すでに深更である。

いかに息子とはいえ、寝ているかもしれない紀一郎を訪ねるのは、さすがに気が引けた。

式台の前に立って、

「紀一郎、わしだ」

おそるおそる声をかける。

聞こえたのか、奥から出てくる足音がした。

顔を出したのは紀一郎だった。

着流しだが、腰に大刀二刀を帯びている。

顔を見るなり、安堵(あんど)したように紀一郎が言った。

「ご無事でしたか。父上の声が聞こえたような気がしたので、空耳かと思ったのですが、出てきてよかった。元気な顔を見ることができた」

「心配していたのか」

問うた弥兵衛に紀一郎が応じた。

「屋敷近くで襲われたばかりです。いつ襲撃されてもおかしくない。お帰りになるまで気になります」

「おまえの予感が現実になった。今夜、襲われた」

驚愕(きょうがく)した紀一郎が、声を高めて訊いた。

「何ですって。どこで襲われたのですか」

「伊勢町の道浄橋を渡ったところの河岸道だ。相手は浪人八人。二人斬った。これが役に立った」

　仕込み杖を掲げてみせた。

「これからは、探索が始まったときから仕込み杖を持ち歩いてください」

「そうだな。考えてみる」

　こたえてはみたものの、胸中では、

（仕込み杖だと見抜く者もいる。警戒されるに違いない。そうもいくまい）

　とつぶやいていた。

「考えてみる、ですか」

　父上のことだ。仕込み杖を持たないのではないか、との疑念と不安が、言外にこもっている。

　察して、弥兵衛が苦笑いした。

「心配するな。用心する。命はひとつしかないからな」

「くれぐれも用心してください。お願いします」

「わかった。ところで、頼みがある」

「頼み？」

鸚鵡（おうむ）返しをした紀一郎に、弥兵衛が告げた。

「斬り捨てたふたりの骸（むくろ）を、そのままにして帰ってきた。明日、できるだけ早く骸をかたづけてくれ」

「承知しました」

「頼む」

会釈（えしゃく）して、ことばを重ねた。

「離れへもどる。深更、呼び出して悪かったな」

「いいえ。声をかけてもらって、かえってありがたかったです。父上が無事に帰ったかどうか気になって、眠れなかったかもしれない」

神妙な顔をして、弥兵衛が応じた。

「これからは、探索にかかったときから、できるだけ仕込み杖を手にするように心がける」

「頼みます」

うむ、とうなずいて、

「お休み」

告げて、弥兵衛が背中を向けた。

「お休みなさい」

その背に、紀一郎の声がかかる。

足を止めた弥兵衛が、紀一郎を振り向いて。無言でうなずいた。

離れへ向かって歩いて行く弥兵衛を、式台に立った紀一郎が身じろぎもせず見つめている。

二

離れの裏戸を開けてなかに入った弥兵衛の目に、勝手の土間からつづく板敷の間で車座になっているお松、お加代とお葉、啓太郎、半次の姿が飛び込んできた。

驚いた弥兵衛が問いかける。

「みんな揃って、どうしたんだ」

応じて、啓太郎が口を開いた。

「親爺さんの帰りが遅いんで、何かあったんじゃないかと心配して集まっていたんです」

わきから半次が軽口をたたいた。

「どうしたんだ、と訊きたいのはあっしのほうですよ。まさか恵比寿屋さんに誘われて、夜遊びしてたんじゃないでしょうね」

「まあ、な」

思わせぶりに、にやり、として弥兵衛が板敷きに上がり、一同に歩み寄った。

微笑んで弥兵衛を見やっていたお松が、突然、声を高めた。

「袖に血がついている。旦那さま、何があったんですか」

「血が袖に」

「間違いねえ。返り血だ」

相次いで啓太郎と半次が声を上げる。

少し離れて、一同と向かい合うように座りながら、弥兵衛がこたえた。

「盗っ人被りをした八人に襲われた。ふたり斬り捨て、ひとりの上腕を斬り裂いた」

わきから、お葉が問いかけた。

「斬り捨てたふたり、死んだんですか」

思わずお加代が、お葉に目を向ける。

「死んだ。傷を負った男は、仲間とともに逃げていった」

お葉が問いを重ねる。

「襲ってきたのは町人ですか」

「浪人だ」

「浪人？　浪人だけですか」

怪訝そうに首を傾げたお加代が割って入る。

「お葉ちゃん、なんでそんなことを訊くの」

はっ、として息を呑んだお葉が、あわててお加代に目を向ける。

「この間、襲われたときは、浪人と町人が混じっていたんで、今夜はどんな相手だったんだろうと気になって、それで訊きたくなったの」

「そう。何で訊くのか、あたしにはよくわからない」

咎める眼差しで、お加代が言った。

「ごめんなさい。気になったんでつい」

ことばを切って、お葉がうつむく。

ふたりの話を断ち切るように、お松が口をはさんだ。

「お加代ちゃん、お葉ちゃん。明日も早いのよ。もう寝ましょう」

弥兵衛も声をかける。

「お松のいうとおりだ。部屋に引き取って寝たほうがいい」

顔を啓太郎と半次に向け、ことばを重ねた。

「啓太郎と半次は残ってくれ。明日の段取りを話しあいたい」

「わかりやした」

応じた半次につづいて、啓太郎が無言でうなずいた。

「それでは休ませていただきます」

弥兵衛に会釈して、お松が立ち上がる。

無言で、お加代とお葉がお松にならった。

三人が奥へ入っていくのを見届けて、弥兵衛がふたりに声をかける。

「明日も今日と同じ動きをしてくれ」

「わかりました」

「そうしやす」

　緊迫した顔つきで、啓太郎と半次が応じた。

三

　翌日、朝七つ（午前四時）前に屋敷を出た紀一郎は、弥兵衛が浪人たちと斬り合った道浄橋たもと近くの河岸道へ向かった。

　斬り合ったと思われるあたりを、虱潰し（しらみ）に歩いて回ったが、浪人ふたりの骸は見つからない。

　骸どころか、地面に血が染みこんだ跡もなかった。

（道浄橋界隈（かいわい）を見回っている伊勢町の自身番の番人が、骸を見つけてかたづけたのかもしれない）

　そう推測した紀一郎は、伊勢町の自身番へ向かって歩を運んだ。

　突然やってきた北町奉行所与力を、番人たちは驚きながらも、丁重に迎え入れた。

「道浄橋のたもと近くの河岸道に、骸がふたつ、転がっていなかったか」

入ってくるなり問いかけてきた紀一郎に番人頭が、

「そんな話、聞いていません」

ほかの番人を振り返って、ことばを継いだ。

「真夜中九つ過ぎに見廻りに出たのは、直助と宗吉、おまえたちだったな。道浄橋たもと近くの河岸道に、ふたつの骸があったか」

訊かれた直助と宗吉が、顔を見合わせた。

こたえたのは直助だった。

「骸どころか、何ひとつ落ちていませんでした。掃除した後みたいに、きれいでした。そうだったな、宗吉」

「そうです。もっとも、提灯ひとつの明かりですから、見落としはあったと思いますが」

申し訳なさそうに、宗吉が頭を下げた。

「そうか。なかったか」

言ったものの、紀一郎は、

(身に振る火の粉を払ったとしても、人をふたり斬ったのだ。夢か現か、区別がつかぬはずがない。父上が引き上げた後、何者かが骸をかたづけたのだ)

胸中でつぶやいていた。

「誤った知らせだったかもしれぬ。北町奉行所へもどって、たしかめてみる」

告げて、紀一郎は自身番から引き上げたのだった。

北町奉行所へ入った紀一郎は、与力詰所へ入る前に、同心詰所に顔を出した。

襖を開け、廊下からなかをのぞく。

配下の同心がいれば、調べさせようと考えていた。

幸いなことに、隠密廻りの津村礼次郎が文机の前に座っている。

「津村、頼みたいことがある。別間で話そう」

「承知しました」

後ろに置いていた大刀を手にとって、津村が立ち上がった。

別間で、紀一郎と津村が向かい合って座っている。

昨夜、弥兵衛が浪人たちに襲われ、ふたりを斬り捨てたこと、その骸をかたづけてくれと頼まれ、今朝早く出かけて、骸が転がっているはずの道浄橋たもと近くを調べたが骸はなかったこと、伊勢町の自身番へも出向き、骸を片付けたか問い質したところ、番人ふたりが真夜中に見回ったときには、骸はなかったことなどを紀一郎が、津村に話して聞かせた。

聞き入っていた津村が、口を開いた。

「これはあくまでも私の見立てですが、引き上げたとみせかけて近くに潜んでいた浪人たちは、父上様が立ち去るまで待って、もどってこない、と判断し出てきて、骸を運び去った。そういう成り行きではないでしょうか」

疑問に思ったことを、紀一郎が訊く。

「骸は、どうやって運んだのだろう。背負ったのか、ふたりがかりで手足をつかんで持ち去ったのか、それとも、どこぞで大八車を調達して、骸を荷台に積んでいったのか。津村は、どう思う」

「そのあたりのところを調べてみましょう。道浄橋界隈で聞き込みをかければ、見た者がみつかるかもしれません」

「そうしてくれ」

「これから出かけます」

目を光らせて、津村がこたえた。

四

道浄橋が伊勢町にあるということに気づいた弥兵衛は、出かける支度をしていた啓太郎と半次に声をかけ、板敷の間で円座を組んだ。

「急遽ふたりの張り込む先を変える。啓太郎は伊勢屋、半次は近江屋江戸仮出店を張り込んでくれ」

釈然としないのか、啓太郎が訊いてきた。

「張り込む先を変えるのに、どんな意味があるんですか」

同じ思いなのか、半次が無言でうなずく。

「とくにない。ただ、同じところを張り込みつづけていると慣れてしまって、新しいことを見つけようとしなくなる。わしもそうだ。前に張り込んでいた場所にもどってみると、見落としていたことを見いだすこともある」

「そういうことですか」

と啓太郎が言い、

「見いだせるよう頑張ってみます」

と半次が応じた。


ふたりを送り出した後、弥兵衛は母屋へ向かった。

式台の前から声をかけると、千春が出てきた。

「紀一郎はいるか」

声をかけた弥兵衛に千春がこたえる。

「急ぎの用ができた、と言って、朝七つ前に出かけていきました」

「そんなに早く。そうか、さっそく出かけてくれたのか」

独り言ちた。

よく聞こえなかったらしく、千春が訊いてきた。

「何か、言われましたか」

「いや、何でもない」

ごまかし笑いを浮かべた弥兵衛に、千春が話しかける。

「あの人が、義父上のことを心配していました。隠密廻りの同心を動かすか、とつぶやいてもおりました。いまごろ手配を終えているかもしれません」

うむ、と顎を引いた弥兵衛が、

「余計な心配をかけた。紀一郎に、心遣い、ありがたい、と伝えてくれ」

笑みをたたえて、千春が告げた。

「こうも申しておりました。父上はいま、やりたくてもできなかったことをやっておられる。悔いのないように、やりつづけてもらいたいのだ、と」

「そうか。紀一郎がそんなことを。わしは幸せ者だ。よい倅（せがれ）を持った」

しみじみとした口調で、弥兵衛が言った。

五

近江屋江戸仮出店の、表を見張ることができる通り抜けに、半次は身を潜めていた。

後の祭りだが半次は、お葉が男と歩いていたこと、男が堀江六軒町にある料理茶屋梢風に入っていったことなどを、啓太郎に話しておくべきだったと後悔している。

近江屋江戸仮出店の連中は、張り込んでいる者がいることを知っている。からかい半分に隠れているところに近付いてこられたこともあった、と啓太郎は話してくれた。

その話は、張り込む場所を探すときに、おおいに役立った。

いま半次は、啓太郎が張り込んでいたところと違う場所に忍んでいる。

昼四つ(午前十時)過ぎ、薬箱を持った、五十半ばの町医者が、近江屋江戸仮出店へ入っていった。

(町医者が往診にきた。病人でもいるのかな)

気になった半次は、町医者が出てきたら、つけようと決めた。

半時(一時間)ほどして、町医者が出てきた。

まわりに人目がないのをたしかめて、半次は潜んでいた場所から通りへ歩を移す。

町医者をつけていった。

住まいに着いて、表戸に手をかけた町医者に半次が声をかけた。病をねたに口からでまかせの話をつくりあげ、何とか近づいて、聞き込もうと腹を決めている。

「突然、すみません。さっきから持病の癪（しゃく）が起きかけてて、気分がよくない。先生が近江屋江戸仮出店さんから出てきたのを見かけたもんで、ついてきてしまいました。癪をおさえる薬を調合してくれませんか。薬礼は持ち合わせております。これをお預けします」

と懐（ふところ）から巾着（きんちゃく）を取り出し、町医者へ差し出した。

巾着に視線を走らせて、町医者が言った。

「それは預かれない。薬礼は、調合した薬を渡した後でもらう。癪の薬を調合してあげるから、なかに入って待つがいい」

表戸を開けて、なかに入る。

「入らせてもらいます」

会釈して、半次がつづいた。

町医者が薬研（やげん）を使っている。

部屋の一隅に、腹を押さえて顔をしかめた半次が座っている。

（癪のふりをするのも楽じゃねえや。一芝居うつのは一苦労だぜ）

そう思いながら半次は、話のきっかけをつくる折りをうかがっている。

と、予期していなかったことが起こった。

薬研で薬草を押し砕いている町医者が話しかけてきたのだ。

「看板が出ていないのにおまえさん、あの屋が近江屋さんの江戸仮出店だと、よく知っていたね」

「居酒屋で知り合った奴が、たまたま近江屋江戸仮出店の奉公人だったんで。今夜一杯やらないか、とそいつを誘おうと思ってやってきたら、腹が痛みだして。ついてねえや。痛たたたた」

大げさに半次が躰（からだ）をねじってみせた。

「もう少しで調合し終わる。我慢しておくれ」

笑みを浮かべて、半次が応じた。

「げんきんなもので、先生の声を聞いたら、痛みが薄らぎました」

「そうかね。それはよかった」

上機嫌で町医者がこたえる。

「ところで、近江屋江戸仮出店の誰かが病にかかったんですか」

半次の問いかけに町医者がこたえた。

「病気じゃない。怪我だ。先日、喧嘩をして太腿を匕首(あいくち)で刺された、と大騒ぎして夜中に駆け込んできた。幸いなことに急所ははずれていた。一カ月もすれば、杖なしでも歩けるようになるだろう。そのとき、渡した膏薬(こうやく)と薬が切れるころだったので往診した」

「他人(ひと)ごとながら、そいつは大変だ。そうですかい。太腿を匕首でね」

受け答えしながら、半次は胸中でつぶやいた。

（太腿を匕首で刺された、という点が気になる。投げつけた匕首が、襲ってきたひとりの、太腿に突き刺さった、と啓太郎は言っていた）

薬研を使う手を止めて、町医者が告げた。

「できた。ここで薬をのんでいくか」

「いまのところ癪はおさまっていますんで、後でのみます」

笑みをたたえて、半次がこたえた。

薬礼を払って、半次は町医者の住まいを後にした。

張り込みにもどる道すがら、半次は思案しつづけている。

(屋敷の近くで親爺さんを襲った奴らと、近江屋江戸仮出店には、何らかのかかわりがあるかもしれない)

たどりついた推断が、それだった。

(これからの張り込み、やりがいがあるぞ)

不敵な笑みを浮かべた。

六

恵比寿屋に足を踏み入れた弥兵衛は、近くにいる手代に声をかけた。

「恵比寿屋さんに是非とも話したいことがある。昨日いた部屋で待っている。すぐきてもらいたい、と伝えてくれ」

口調からただならぬものを察したのか、手代の顔から愛想笑いが消えた。

「直ちに取り次ぎます」

背中を向け、奥へ向かった。


接客の間の隣室で、弥兵衛が座っている。

仕込み杖は躰の後ろに置いてあった。

入ってきた恵比寿屋が向かい合って座るのを待ちかねたように、弥兵衛が話しかけた。

「昨夜の帰り道、道浄橋を渡り終えた先の河岸道で、盗っ人被りをした八人の浪人に襲われました」

聞いた恵比寿屋が驚愕した。

次の瞬間、何かに気づいたのか、恵比寿屋が呆けたように口を半開きにした。

「まさか」

「まさか、とは」

問いかけた弥兵衛に、恵比寿屋がこたえる。

「昨日、雁七さんが遅くまで居座ったのは、弥兵衛さんを襲いやすくするためだったんじゃないか。ふと、そう思ったものですから」

疑惑の声を上げた恵比寿屋に、弥兵衛が告げた。

「決めつけるわけにはいかないが、私はそう推測しています」

顔をしかめた恵比寿屋が、喘ぐようにつぶやいた。

「どうしたらいいんだろう」

首をひねる。

唸って、恵比寿屋が再び首をひねった。

思案をめぐらしているのは、明らかだった。

弥兵衛は黙って、恵比寿屋に目を注いでいる。

ややあって……。

腹が決まったのか、弥兵衛を見つめて恵比寿屋が訊いた。

「北町奉行所の旦那方に、相談にのっていただくわけにはいきませんか」

「話してみましょう。隠密廻り同心なら用心棒に化けて、しばらくの間、恵比寿屋に居着いてもらえるかもしれない」

弥兵衛の脳裏に、紀一郎配下の、隠密廻り同心津村礼次郎のことが浮かんでいる。

（津村を用心棒として恵比寿屋に送り込めば、わしは探索に走り回ることができる）

そんな思いが弥兵衛のなかにあった。

弥兵衛がつづけた。

「いつか訊こうと思っていたのですが、伊勢屋さんは、どこでどうやって雁七さんと知り合ったのでしょう。そこらへんのことを聞いたことはありませんか」

「そういえば」

いったんことばをきり、記憶の糸をたどるように、恵比寿屋が空に視線を泳がせた。

目を弥兵衛にもどして、ことばを継ぐ。

「何も聞いておりません」

「訊こうともしなかった。そういうことですか」

念を押した弥兵衛に、

「伊勢屋さんは、なぜ話してくれなかったのだろう。ただ、あのときは、藁にも縋りたいほど追い詰められていたんで、細かいところまで気がまわらなくて」

半ばつぶやくように応じた。

ため息をつく。

弥兵衛は探る目で、凝然と恵比寿屋を見つめている。

七

（もう一度聞き込んでみよう。新たなことがわかるかもしれない）

そう考えて、啓太郎は伊勢屋の近くで聞き込みを重ねた。

ほとんどが、半次から聞いた聞き込みのなかみと大差なかった。

しかし、ひとつだけ、新しい聞き込みがあった。

伊勢屋は、堀江六軒町にある料理茶屋梢風で出される肴の味が気にいって、閑をみつけては通っているという。

堀江六軒町は、俗にいう隠れ里、岡場所だった。

（梢風の仲居でも手なずけて聞き込めば、伊勢屋の別の顔が見えてくるに違いない）

そう思った啓太郎は、堀江六軒町へ向かって歩みをすすめた。

途中で、啓太郎は思いがけない相手と出くわした。

男とならんで、談笑しながらやってくる女がいる。

最初は見間違いだと思った。

目を凝らす。

見間違いではなかった。

女はお葉だった。

間近の町家の外壁に、張り付くようにして隠れる。

職人風の男だった。

眉の濃い、目鼻立ちのととのった、小粋な、いい男だった。

ふたりの一挙手一投足に、啓太郎が目を注ぐ。

（お葉ちゃんとあの男はわりない仲だ。遊び人として、多くの色恋を見聞きしてきたおれの目に狂いはない）

胸中で、そう判じていた。

潜んでいる啓太郎に気づくことなく、お葉と男が通り過ぎていく。

（つけていくには、ほどよい隔たり）

見極めた啓太郎は、町家の外壁から離れて通りへ出た。

男とお葉は甘味処に入っていく。

足を止めた啓太郎は、甘味処の表を見張ることができる場所を求めて、ぐるりを見渡した。

小半時（三十分）ほどして、お葉と男が甘味処から出てきた。

見世の前でことばを交わし、ふたりは二手に分かれた。

肩を落として、お葉が帰っていく。

男は、しばし見送っていたが、大きな欠伸（あくび）をし、お葉に背中を向けた。

逆の方向へ歩いて行く。

（お葉ちゃんに見られても、気づかれない隔たり）

目づもりで量り、念には念を入れて、お葉が振り向いても後ろ姿しか見えないように気をつけて、潜んでいた通り抜けから通りへ出た。

男をつけていく。

つけられていることに、男はまったく気づいていないようだった。

小半時の半ばほど過ぎたころ、男は板塀の手前にある、横道へ入っていった。

横道に沿ってつづいている板塀に、裏口と思われる潜り戸がもうけられている。

男は、その潜り戸をくぐって、なかへ消えた。

警戒の視線を走らせるような素振りも見せずに、入っていったところをみると、この屋にかかわりがあるのだろう。

そう判じた啓太郎は、表へ回った。

見世先に〈梢風〉と書かれた軒行灯が掲げられている。

「ここが、梢風か」

思わず啓太郎は、口に出していた。

（伊勢屋とお葉ちゃんにかかわりのある男が、梢風でつながった）

予想もしていなかった。

驚いてもいる。

入り口近くまで歩を移した啓太郎は、瀟洒（しょうしゃ）なつくりで二階家の梢風を、挑む眼差しで見据えた。

第七章　足下から鳥が立つ

一

屋敷に帰ってきた弥兵衛は、骸（むくろ）の始末がどうなったか訊くために、母屋へ向かった。

式台の前に立って、声をかけると千春が出てきた。

「接客の間にいます」

「誰かきているのか」

問いかけた弥兵衛に、

「気のおけないお方、同座しても大丈夫です」

応じた千春に、弥兵衛が言った。

「わかった」

笑みを向けて、弥兵衛が式台に足をかけた。


「入るぞ」

廊下から声をかけると、

「どうぞ」

と紀一郎が応じた。

襖(ふすま)を開けた途端、弥兵衛は瞠目(どうもく)した。

紀一郎と対座していたのは、津村だった。

「ちょうどよかった」

そう言いながら襖を後ろ手で閉め、座敷に入ってきた弥兵衛を、訳がわからず、呆気にとられた様子で紀一郎と津村が見やっている。

紀一郎の傍(かたわ)らに座りながら、弥兵衛が言った。

「実は、紀一郎に頼んで、津村に一働きしてもらおう、と思っていたところだ」

ふたりが顔を見合わせる。

訊いてきたのは、紀一郎だった。

「津村に何をやらせたいのですか。骸の一件にかかわることですか」

「そうだ。ところで、わしが斬り捨てた浪人たちの骸だが、かたづけてくれたか」

問うた弥兵衛に、紀一郎がこたえた。

「骸はありませんでした」

驚きをあらわに弥兵衛が声を上げる。

「そんな馬鹿な。わしは襲われて、ふたりの浪人を斬った。見ろ、血を吸った証(あかし)の曇りが残っている」

脇に置いた仕込み杖を手にとり、抜いた。

近寄ったふたりが、刀身をのぞき込む。

「たしかに」

つぶやいた紀一郎に、無言で津村がうなずいた。

座り直して紀一郎が話しだした。

「道浄橋のまわりをくまなく探しましたが、骸はありませんでした。伊勢町の自身番へ行って、骸をかたづけたかどうかたしかめました。真夜中九つごろ、道浄橋近辺を見回ったふたりの番人は、口をそろえて『骸はなかった』と言っていました」

「不覚にも気づかなかったが、引き上げたと見せかけて、近くに身を潜めた浪人たちが骸を持ち去ったのだろう。そうとしか考えられぬ」

紀一郎が応じた。

「私も、津村も父上と同じ見立てです」

ちらり、と津村に視線を走らせて、ことばを継いだ。

「津村は何をやればいいのですか」

「実は」

と、弥兵衛が恵比寿屋と話し合ったなかみを告げた後、

「津村に、明日から恵比寿屋に詰めてもらいたいのだ」

答えを求めて、ふたりに目を向ける。

「わかりました」

応じた紀一郎が津村に命じた。

「明日、父上とともに恵比寿屋へ行ってくれ」

口をはさんで、弥兵衛が言い足した。

「用心棒として、近江屋江戸仮出店の雁七と恵比寿屋の話し合いの場に同座して、乗っ取りを仕掛けている一味の手がかりをつかんでほしいのだ」

「承知しました」

こたえた津村が、弥兵衛に問うた。

「段取りを話してください」

「雁七が強硬な手段に出て、恵比寿屋を軟禁するようなことが起きぬように、目を光らせていてくれ。できるだけ恵比寿屋のそばにいてほしい」

「わかりました。泊まり込むつもりで支度します」

緊迫を漲(みなぎ)らせ、津村が応じた。

そのころ離れでは、勝手の土間からつづく板敷の間で啓太郎と半次が向かい合って、胡座(あぐら)をかいていた。

「お葉ちゃんが男と親しげに話しながら歩いていた。おれの見立てだが、ふたりはわりない仲だ。まず間違いない。男をつけたら、堀江六軒町の料理茶屋梢風へ、裏口から入っていった」

小声で告げる啓太郎に、驚いた半次が顔を寄せて言った。まわりに聞こえないように、ふたりが気を配っているのは明らかだった。

「悪かった。実はおれも、お葉ちゃんが男と寄り添うようにして歩いているのを見たんだ。寄る辺のないお葉ちゃんを、追い詰めることになりかねない、と思って黙っていた。男をつけたら、堀江六軒町の料理茶屋梢風へ入っていった。裏口からな。おそらく啓太郎が見たのと同じ男だろう」

じっと半次を見つめて、啓太郎が告げた。

「おれは、お葉ちゃんが男と歩いていた、と親爺さんに言う。知らせておかなきゃならないわけがあるんだ。文句はないな」

「ない」

「もうひとつ、言っておくことがある」

「何だ」

「聞き込みでわかったんだが、伊勢屋は料理茶屋梢風の常連だ」

「ほんとうか」

「お葉ちゃんと一緒にいた男は梢風へ入っていった。伊勢屋と男は、ふたりとも梢風にかかわりがある」

「そうか。おもしろくなってきたな」

　目を輝かせ、半次が不敵な笑みを浮かべた。

「おれも、いいことを聞き込んできた」

「いいこと？」

　鸚鵡返しをした啓太郎に半次が、近江屋江戸仮出店に町医者が往診にきたこと、つけていき、癪の薬を調合してくれ、と嘘をついて住まいに上がり込んだこと、聞き込みをかけたら、先日深夜、喧嘩して匕首で太腿を刺された近江屋江戸仮出店の奉公人が担ぎ込まれたこと、薬と膏薬が切れるので往診に出かけたと町医者が言っていたことなどを話して聞かせた。

「近江屋江戸仮出店の奉公人が匕首で太腿を刺された、というのか。怪我したのは同じところだ。おれが投げつけた匕首が突き立ったのだろう、と因縁をつけたくなるような話だな」

皮肉な口調で、啓太郎が吐き捨てる。

そのとき、裏戸が開けられた。

ふたりが振り返る。

「親爺さん」

「伝えたいことがあります」

ほとんど同時に、半次と啓太郎が声を上げた。

三人が車座になっている。

まず啓太郎が、つづいて半次が聞き込んできたことを弥兵衛に話した。

口をはさむことなく、弥兵衛は聞き入っている。

板敷の間に出入りする板戸を細めに開けて、お葉が三人の様子を窺(うかが)っている。

「何をやってるの」

かけられた声に、ぎくり、としてお葉が振り向いた。

後ろで、お加代が睨(にら)みつけている。

「盗み聞きはよくないよ」

「盗み聞きだなんて。あたしは声が聞こえたんで気になって」

言い訳をするお葉の手首を、お加代がつかむ。

「部屋へもどりましょう」

強く引っ張る。

「わかった。痛いから手を離して」

か細い声でお葉が頼んだ。


小半時（三十分）ほど過ぎた頃、お加代はお松と向かい合っていた。

「何かおかしい。隠し事をしているような気がする。疑りたくはないけれど、あたしはお葉ちゃんを疑っている」

いきなりそう切り出したお加代に、お松が告げた。

「あたしも同じ気持ちだよ。どこかおかしい。これからふたりで、お葉の動きに目配りしていこうね」

無言でお加代がうなずいた。

二

翌朝、着流し姿で離れにやってきた津村とともに、弥兵衛は恵比寿屋へ向かった。羽織をまとっていないと、津村は浪人に見える。

やってきた弥兵衛と津村を、恵比寿屋は接客の間に請じ入れた。部屋に入るなり、弥兵衛が恵比寿屋に声をかけた。

「こちらさまを、上座に――」

「それはなぜ」

言いかけて、恵比寿屋は察したらしく、津村に声をかけた。

「どうぞ、上座にお座りください」

申し訳なさそうに津村が、弥兵衛を、ちらりと見やった。

くる道すがら、弥兵衛は津村に、

「恵比寿屋には、わしの身分は、北町奉行所前腰掛茶屋の主人とだけ言ってある。

恵比寿屋は、わしが以前与力だったことは知らない。心得ていてくれ」

と伝えてある。

上座に座った津村と向き合って恵比寿屋が、その傍らに弥兵衛が控えた。

「恵比寿屋さん、こちらさまは北町奉行所隠密廻り同心の津村礼次郎さまです」

推測していたとおりの人物だった。が、あらためて実体を告げられて、恵比寿屋の驚きは、さらに増していた。

「恵比寿屋収蔵（しゅうぞう）でございます。お見知りおきください」

深々と頭を下げる。

顔を上げ、弥兵衛に目を向けて話しかけた。

「さっそく動いていただいて、ありがとうございます」

頭を下げた恵比寿屋に、弥兵衛が告げた。

「津村さまが北町の隠密廻り同心だということは、恵比寿屋さんひとりの胸におさめておいてください。私が襲われたことを知った恵比寿屋さんが、用心棒を雇った、という形を通してもらいたいのです。それと」

「何でしょうか」

訊いてきた恵比寿屋に、

「これからは、雁七さんとの話し合いの場に、必ず津村さまを同座させてくださ
い」

「わかりました」

応じた恵比寿屋に弥兵衛が言った。

「私は用があるので、これで引き上げさせていただきます」

顔を津村に向けて、弥兵衛はことばを重ねた。

「津村さま、よろしくお願いします」

「承知した」

厳しい顔つきで、津村が顎を引いた。

三

弥兵衛は、名主の三右衛門を訪ねていた。

接客の間で向かい合うなり、三右衛門が訊いてきた。

「いつ声がかかるかと、うずうずしていました。今度は何をやればいいのですか」

微笑んで、弥兵衛が応じた。

「仲立ちしてもらいたい相手ができました。一緒に行ってもらいたい」

「どこへでも行きますよ」

やる気満々の三右衛門に、弥兵衛が告げた。

「恵比寿屋のときと同じように、私のことは、あくまでも北町奉行所前腰掛茶屋の主人弥兵衛として、先方に引き合わせてください」

「心得ております。ところで、どこの誰を訪ねるのですか」

問いを重ねた三右衛門に、弥兵衛がこたえた。

「伊勢町にある太物問屋伊勢屋の主人です。訊きたいことがあるので」

「でかける支度をします。待っていてください」

なぜか楽しげに、三右衛門が立ち上がった。


一刻（二時間）後、弥兵衛と三右衛門は、伊勢屋の一室で主人と向き合っている。

ここでも名主の威光は、いかんなく発揮された。

突然やってきた三右衛門を、伊勢屋は丁重に迎え入れた。

打ち合わせたとおり、三右衛門は北町奉行所前腰掛茶屋の主人として、弥兵衛を引き合わせ、付け加えた。

「弥兵衛さんの訊くことは、私の問いかけだと思ってこたえてください」

「わかりました」

応じた伊勢屋が、弥兵衛に向き直って声をかける。

「なんなりと訊いてください」

弥兵衛が言った。

「私は恵比寿屋さんから頼まれて、やたら取り立てが厳しい、近江屋江戸仮出店の雁七さんとの取引にかかわる話の、相談役になっています」

眉をひそめて伊勢屋が訊いてきた。

「取り立てが厳しい？　恵比寿屋さんから何も言ってこないから、取引はうまくいっているとばかり思っていましたが。そういえば」

首をひねった伊勢屋に、弥兵衛が問いかける。

「そういえば、何ですか」

「私のところに太物を納めてくれている商人から『伊勢屋さんに品物を入れている同業の商人たちが、ある一味に脅し半分に言い含められ、売値を上げざるをえなくなっている。協力賃として金を押しつけられ、受け取らされてもいる。逆らえば、痛めつけられる奉公人が出る始末で、どうしたものかと頭を抱えている。相談に乗ってもらえませんか』と持ちかけられたことがあります」

「相談には、乗られなかったんですね」

「あんまりないこと、話が針小棒大になっているんじゃないかと思ったので打ち切りましたが、ほんとうのことだったのかもしれない」

ため息をついて、伊勢屋が黙り込んだ。

「細かいことは聞いていませんが、恵比寿屋さんの金繰りは苦しい。雁七さんから借りた金の利息を払うのが精一杯の有様です。雁七さんは、元金が払えないのなら、株仲間として認められた証の、認許証文を預かる、と言っています」

渋面をつくって、伊勢屋が応じた。

「それはひどい。株仲間に入るには、それなりの裏金をばらまき、多額の金を使います。手続きも面倒です。そんなものを預けたら、恵比寿屋さんは、そのうちに近江屋江戸仮出店に乗っ取られてしまう」

探る目で伊勢屋を見つめて、弥兵衛が問うた。

「伊勢屋さんは、どこで雁七さんと知り合ったのですか」

「堀江六軒町にある料理茶屋梢風の主人豪三郎の口利きです。私は梢風の料理が好きで、ちょくちょく食べに行きます。豪三郎は、昨年、傾きかけていた梢風を買い取って、主人におさまった男です」

「豪三郎？」

記憶の糸をたどったが、覚えのない名だった。

梢風と伊勢屋のかかわりは、昨夜、啓太郎と半次から報告を受けている。伊勢屋自身の話で、そのことが裏付けられた。

伊勢屋から聞き込もうと思っていた話は聞き終えた。が、すぐに引き上げたら、何しにきたのか、と伊勢屋に疑われる結果を招くだろう。弥兵衛はそう判じて、ほかのことに話を移した。

小半時（三十分）ほど四方山話をした後、

「いい話を聞かせていただきました」

頭を下げ、弥兵衛は三右衛門をうながして、恵比寿屋を後にした。

伊勢屋を出たところで、三右衛門が訊いてきた。

「役に立ちましたか」

「立ちましたとも。ご足労願って、ありがとうございます」

微笑んだ弥兵衛に、屈託のない笑顔を浮かべて三右衛門が言った。

「何かあったら、また声をかけてください」

「そのときは、よろしくお願いします」

会釈した弥兵衛に、

「じゃあ、またお会いしましょう」

軽く頭を下げて、三右衛門が背中を向けた。

しばし見送った弥兵衛は、三右衛門とは逆の方向へ躰(からだ)の向きを変えた。

歩き出す。

近江屋江戸仮出店へ向かっている。

建屋の周りを歩いて、様子を探ろうと思っていた。

包囲されても、巧みに逃げのびる連中がいる。

（ひとりも逃さぬ。そのためには、逃げ道が奈辺にあるか、事前に見出しておかねばなるまい）

一味を捕縛するため、近いうちに必ず近江屋江戸仮出店に乗り込むことになる。いままでの探索で知り得た事実をつなぎ合わせ、組み立ててきた弥兵衛のなかで、確信に似たものが芽生えていた。

前方を見据え、弥兵衛は歩を運んでいく。

四

近江屋江戸仮出店の周囲を、弥兵衛はゆっくりと歩いた。

二周回って、

（表と裏を固めれば、まず逃げられないだろう）

弥兵衛はそう判じた。

いささか拍子抜けした気分になっている。

（いままで、逃げなければいけないような事態に、立ち至ったことがないのだろう。端から、逃げる手立てを考える必要はない、と思っているのかもしれぬ）

そう推測しながら、弥兵衛は離れへ帰るべく歩みをすすめた。

ふたつめの辻を曲がったところで、つけてくる者の気配を感じた。

間近に天水桶が置いてある。

身を潜めるには、もってこいの場所といえた。

天水桶の後ろに素早く身を隠し、しゃがみこむ。

角を曲がってきたのは、おもってもいない相手、啓太郎だった。

突然、消えてしまった弥兵衛に、驚きのあまり、息を呑んで棒立ちになっている。

不意に、弥兵衛のなかで悪戯心が湧き上がった。

（殺気をぶつけたら、どんな動きをするか。おもしろい。やってみよう）

気を集中するためか、弥兵衛が目を閉じた。

次の瞬間、目を見開く。

さすがに無外流免許皆伝の啓太郎であった。

殺気を感じたのか、身構えて、油断なく天水桶に歩み寄ってくる。

「啓太郎。わしだ」

声をかけ、弥兵衛が立ち上がる。

一瞬、ぎくり、とした啓太郎が、弥兵衛に気づいて苦笑いした。

「親爺さんか。凄まじい殺気、肝が縮みましたよ」

「どこに張り込んでいたんだ。気づかなかったぞ」

問いかけた弥兵衛に、啓太郎が応じた。

「近江屋江戸仮出店の向かい側の通り抜けです。張り込んでいるときも武術の稽古はできる。そう思って、気配を消す鍛錬をしてるんです」

「そうか。いい心がけだ」

口調を変えて、弥兵衛が言った。

「つけてきたのは、近江屋江戸仮出店の連中に、わしと話しているところを見られたくなかったからか」

「親爺さんとおれが、仮出店の前で立ち話していたら、奉公人のなかにはむかっ腹を立てて、喧嘩をふっかけてくる奴もいるかもしれない。そう思って、連中から見えないところで声をかけようと考えたんです」

「なかなかいい判断だ。一緒に帰ろう」

「実は相談したいことがあります。歩きながらだと、肩をならべることになるんですが、いいですか」

「かまわん。話しながら行こう」

そう告げて、弥兵衛が歩き出した。

啓太郎が肩をならべる。

「今朝方、出かける前にお加代ちゃんが声をかけてきて、半次と三人で話しあったんです」

お加代は、啓太郎と半次が隠し事をしている。仲間はずれにされたみたいで、どんな隠し事なのか話してもらわないと気持が悪い。話してくれないのなら、これから茶屋にきても、離れにいても口をきかない、と頑強に言い張った。

困り果てたふたりは、探索に出向いた先で、男と歩いているお葉を見たことを、話してしまった。

「お加代ちゃん、ものすごい形相(ぎょうそう)になって『そんな話、お葉ちゃんから一言も聞いていない。お葉ちゃんはあたしを馬鹿にしているんだ』と躰をふるわせて怒ったあげく『あたし、お葉ちゃんの跡をつける。あたしの目で、男といるところを見届ける。もちろん、手助けしてくれるでしょう』と言いだしたんです」

困惑して、ふたりが黙り込んだところへお松が、

「お加代ちゃん、出かけるよ」

と声をかけてきて、お加代は渋々出かけたという。

話を聞き終えて、弥兵衛が口を開いた。

「お加代はお葉の幼馴染みだ。お葉にたいして、強く出ているように見えるが、それはお葉のことを心配しているからだ。お葉にかかわることは、すべてお加代に話し、やりたいことはやらせたほうがいい。そうしないとお加代の気がすまないだろう」

「それを聞いて安心しました。いまの親爺さんのことば、半次にも伝えます」

「離れに帰ったら、お松の意見を訊いてみる。お加代が出かけたら、茶屋はお松ひとりになる。客が絶えない茶屋だ。お松ひとりでは、客をこなしきれないだろう」

「そうですね。お松さんひとりでは、満足な客あしらいはできないでしょうね」

応じて、啓太郎が黙り込んだ。

弥兵衛も口をきこうとしない。

黙ったまま、歩を移した。

数歩すすんだところで、啓太郎が足を止めた。

弥兵衛も立ち止まる。

見つめて、啓太郎が口を開いた。

「お加代ちゃんの代わりがいます」

「代わりがいる？　誰だ」

「おっ母さんです。仕立ての仕事をやっていますが、二、三日なら休めるはずです。明日の朝、住まいに帰って、おっ母さんに頼んでみます。昼前には茶屋へ連れて行きます。大丈夫。まかせてください」

「お郁さんなら、願ってもない人だが」

「おっ母さんは、必ず二つ返事で引き受けてくれます」

「頼む。離れにもどったら、お松にお加代の話と、お加代の代わりにお郁さんがきてくれる、という話をする。お松もわかってくれるだろう。一つ屋根の下にいるのだ。お葉ひとりをのけ者にして集まったら、間違いなくお葉は、何かあると勘繰るだろう。お加代には、啓太郎や半次とともに気がすむまで動いていい、とわしが言っていたと伝えてくれ。半次とも、しっかり打ち合わせをするのだ」

「わかりました」

啓太郎が応じた。

話しながら、ふたりは歩きつづけている。

五

翌朝、表戸ごしに声がかかった。

「おっ母さん、おれだ。開けてくれ」

「啓太郎かい」

仕立てものに取りかかっていた手をとめて、お郁がこたえる。

「何だよ、てめえが産んだ子の声も忘れたのかよ」

用心のため、お郁は昼間でもつっかい棒をかけている。

「すぐ行くよ」

あわててお郁が立ち上がった。

土間に降り立ったお郁が、表戸にかけていたつっかい棒を外す。

その音が聞こえたのか、啓太郎が表戸を開け、顔をのぞかせた。

「弥兵衛さんの手伝い、もう終わったんだね。しばらく、家にいるんだろう」

満面を笑み崩してお郁が訊いた。

「いま山場にさしかかったところだよ。当分だめだな」

仏頂面(ぶっちょうづら)で啓太郎がこたえた。

「そうかい」

がっかりしたのか、お郁の顔から笑顔が消えた。

入ってきて、後ろ手で戸を閉めながら、啓太郎が言った。

「おっ母さんに頼みがあるんだ」

「頼み？　どういう風の吹き回しだい、あたしに頼みがあるなんて。いいよ。啓太郎の頼みなら、何でもきいてあげる。ただし、あたしの器量でできることだけだけど」

弾（はず）む口調でお郁が応じた。

「実は」

と切り出した啓太郎を、役に立てる喜びに目を輝かせて、お郁がじっと見つめている。

昼四つ（午前十時）過ぎに、啓太郎とお郁が茶屋にやってきた。

気づいたお加代が、丸盆を手に駆け寄ってくる。

「おばさん、あたしの代わりを引き受けてくれてありがとう」

微笑んで、お郁が言った。

「役に立てて、嬉しいよ。啓太郎と仲良くしてね」

お加代が、横目で啓太郎を見やってこたえた。

「仲良くします」

照れたのか、啓太郎が頭をかく。

「おばさんも、あたしと仲良くしてくださいね」

「もちろん」

手をのばしてお郁が、お加代の手を握る。

「温かい」

笑みを浮かべて、お加代が弾んだ声を上げた。

そのとき、お郁に弥兵衛の声がかかる。

「お郁さん、面倒かけるね」

目を向けたお郁が、驚いて瞠目する。

羽織袴（はかま）を身につけ、腰に大小二刀を帯びた、出仕するときの出で立ちの弥兵衛が歩み寄ってきた、
鳩が豆鉄砲を食ったような顔をして、お郁が言った。

「旦那さん、見違えました」

「野暮用があってな。北町奉行所へ顔を出さねばならぬのだ」

少し遅れてやってきたお松も声をかける。

「お郁さん、ほんとにたすかった。ありがとう」

「いいのよ。啓太郎から頼まれるなんて、めったにないことだから。さ、働かなきゃ」

袂（たもと）から、お郁がたすきを取り出した。

丸盆を手にしたお葉が動きを止めて、お郁を迎える弥兵衛たちをじっと見つめている。

出迎えの輪のなかに入り込めない者がいた。

半次だった。

少し離れて弥兵衛たちに目を注いでいる。

六

北町奉行所例繰方の書庫で、弥兵衛は保存されている捕物控を片っ端から調べていた。

十二年前の捕物控のなかに、深川の油問屋や恵比寿屋の乗っ取り仕掛けに酷似した事件が記録されていた。

名は突き止められなかったが、乗っ取り一味の金主として、金座役人の影がちらついている、とも書かれている。

一味の頭は、

「悪事仲間にも、仁義がある」

と頑強に言い張って、最後まで口を割らなかった。それゆえ金座役人を処罰できず、ただただ無念、と調べにあたった同心は口惜しい思いを書き残していた。

書庫の一隅に置かれた文机に向かい、弥兵衛はその事件のあらましを書き留めている。

そこへ、前触れもなく中山が顔を出した。紀一郎を伴っている。

そばに座るなり、中山が声をかけてきた。

「松浦殿、紀一郎から聞いたが、二度も浪人たちの一群に襲われたそうだな。しかも、おぬしが斬り捨てたふたりの骸が、何者かに運び去られたというではないか。いまだに何の手がかりもない、という話だ。これまでは斬り抜けられたが、向後はわからぬ。大丈夫か」

苦笑いして、弥兵衛が応じた。

「心配ない、とは言い切れぬ。戦いは相手次第だ」

渋面をつくって、中山が言った。

「もどかしい。いま松浦殿が扱っている一件は、町年寄や名主たち町役人が扱う範疇のものだ。切った張ったの立ち回りをやったということになれば、すぐ町奉行所として乗り出せるのだが、相手が何者かわからなければ、手を出せぬ」

「二度とも、襲ってきた連中は盗っ人被りをしていた。顔は見えなかった。町ですれ違ってもわからないだろう」

顔を寄せて、中山が告げた。

「そこだ。万が一、乗っ取り屋の一味が捨て身の戦法で、まっ昼間の町なか、目立たぬように匕首を腰だめにして、体当たりしてきたら逃れようがないぞ」

じっと見つめて、弥兵衛が訊いた。

「中山殿は、拙者のことを心配してくれているのか」

目を尖らせて、中山が声を高めた。

「心配するのは、当たり前だろう。おぬしは、身共の娘千春の旦那、紀一郎の父御だ。おぬしに何かあれば紀一郎も、千春も悲しむ。身共も切ない」

「何を言いたいのだ」

「一刻も早く、町奉行所が取り扱うことができるような事件の形にしてくれ。これから先の話は、おぬしと身共、紀一郎の三人だけの話だ。紀一郎に内々の任務を命じた。松浦殿を、できるだけ目立たぬように警固し、探索にもくわわれ、といいつけてある」

うむ、とうなずいて、弥兵衛が目をしばたたかせた。

顔を向けて、告げる。

「中山殿、心遣い、痛み入る」

頭を下げた弥兵衛に、笑みをたたえて中山が応じた。

「礼など無用。おぬしと身共には血のつながりはないが、紀一郎と千春を通じての縁続き、親族だ」

笑みを返して、弥兵衛が言った。

「甘えついでに頼みがある。ここ十年の間に、株仲間の認許を受けている大店(おおだな)で、別稼業の株仲間の大店に買われた店はないか、急ぎ調べてもらいたい。恵比寿屋のように乗っ取りを仕掛けられ、防ぎきれずに乗っ取られたのかもしれない」

厳しい顔で、中山が訊いてきた。

「例繰方の書庫に残された捕物控に、事件になった、乗っ取り屋がからんだ一件が保存されていたのだな」

　唇を真一文字に結んだ紀一郎が、弥兵衛を見つめる。

　文机に置いた捕物控を手にとり、弥兵衛がこたえた。

「十二年前のものだ。これに、乗っ取り屋がらみの事件が記されている。金座役人が金主としてからんでいたようだ、とも記述されていた」

「金座の役人が、一味の金主になっていたのか」

　驚きの声を上げた中山に、紀一郎が問うた。

「金座にも探りを入れましょうか」

　口をはさんで弥兵衛が告げた。

「無駄だ。尻尾は出すまい。乗っ取り屋一味を捕らえ、一味の頭か兄貴分を責め上げて、白状させる。それしか金座役人を追い詰める手立てはない。拙者はそう思う」

「わかった。まず、ほかの稼業の株仲間にくわわっている大店から買い取られたと思われる、株仲間として認許されている大店があるかどうか、わしの配下に調べさせよう」

「頼む」

見つめて、弥兵衛が告げた。

七

茶屋のなかで、お郁が忙しそうに働いている。

外の縁台に座って、心配そうにお郁の様子を見ていた啓太郎が、ぼそり、と独り言ちた。

「おっ母さん、大丈夫そうだな」

聞き咎めて、半次が話しかけた。

「心配か、おっ母さんのことが」

「まあな。いつも仕立てものばかりしていて、動くのが苦手な口だ。張り切りすぎて、躰の節々が痛くなり、明日は休みたいなんて言い出さなきゃいいなと思っているだけさ」

「それも心配のうちに入るんじゃねえか」

揶揄するように半次が言った。

「そうかもな」

立ち上がって、啓太郎がことばを継いだ。

「出かけるか」

「お加代ちゃんと待ち合わせするまで、だいぶ間がありそうだが、まあいいや、行こう」

のっそりと、啓太郎が腰を浮かせた。


茶屋からお葉が出て行く。

なかで見ていたお加代が、お松を振り返った。

無言でお松が、大きくうなずいた。

呉服橋御門へ向かってお葉が歩いて行く。

屋敷の塀に身を寄せながら、お加代が見え隠れにつけていった。

呉服橋御門を見張ることができる町家の通り抜けに、啓太郎と半次が潜んでいる。

「お葉ちゃんが出てきた」

つぶやいた半次の肩越しに、呉服橋を見つめていた啓太郎が声を高めた。

「お加代ちゃんだ。お葉ちゃんに気づかれないように近寄ろう」

「わかった。行くぞ」

声をかけて、半次が河岸道へ出た。啓太郎がつづく。

呉服橋を渡りきったところでお加代が立ち止まる。

左右を見渡した。

たもとのそばにある町家の軒下に、啓太郎と半次が立っている。

気づいたお加代が、啓太郎たちのほうへ小走りで向かった。

いつものように、お葉と男が甘味処から出てきた。

店の前でことばを交わしたふたりが、二手に分かれ、たがいに反対方向へ歩いて行く。

そんな様子を、町家の外壁に張り付くようにしてお加代が、啓太郎と半次が凝然と見つめている。

男の姿が辻を曲がって見えなくなったのを見届けて、三人が通りへ出てきた。

早足で、お葉を追う。


つけられていることに気づくことなく、お葉が歩を移していく。

「お葉ちゃん」

呼びかける声に、聞き覚えがあった。

そこにいるはずのない、お加代の声だった。

立ち止まり、おそるおそる振り返る。

後ろに、眉をつり上げ、睨みつけているお加代が立っていた。その後ろに啓太郎と半次もいる。

「お加代ちゃん」

あまりの驚きに、お葉はその場で棒立ちになった。

歩み寄ったお加代が、怒りを押し殺した声で訊いた。

「悪いけど、つけさせてもらった。どういうことなの、いま一緒だった人は、銀八さん」

顔面蒼白になったお葉が、

「それは」

と口ごもり、黙り込む。

「一緒にきて。離れにもどって、たっぷりと話を聞かせて」

恨めしそうに、お葉がお加代を睨めつける。

にらみ返したお加代が、

「手をつないで引っ張ってあげようか。それとも自分の足で帰れる」

「自分で行ける」

振り向かずに、お加代が声をかける。

「啓太郎さん、半次さん。お葉ちゃんの左右についてあげて。逃げるかもしれないから」

「わかった」

「まかせといてくれ」

相次いで啓太郎と半次がこたえた、

啓太郎と半次にはさまれ、お葉が肩を落として歩いて行く。

一歩遅れて、お加代がつづいた。

そんな四人を、甘味処のそばに立った藤太が、身じろぎもせず見つめている。

第八章　瓢簞から駒が出る

一

近江屋江戸仮出店の一間で上座に豪三、斜め脇に雁七が控え、両側に村田や磯吉らが居並んでいる。

豪三の前にうなだれた銀八、横に藤太が座っていた。

睨みつけて、豪三が吠える。

「銀八、おれの言うとおりにしないから、こういうことになるんだ。お葉はつけられていた。おれの指図でおめえをつけていた藤太が、お葉が、おれたちを見張っている爺の手先の若い衆と茶屋で働いている、幼馴染みの娘に連れられて帰っていくのを見ている。お葉が、三人と一緒に爺の屋敷へ入るまで見届けているんだ」

視線を藤太に移し、豪三がことばを重ねた。

「そうだな」

「そのとおりで」

藤太が応じるのと、

「すまねえ。この通りだ」

と銀八が両手を突き、深々と頭を下げて顔を畳に擦りつけるのが、ほとんど同時だった。

とりなすように雁七が割って入る。

「すんだことだ。怒っても仕方がねえ。それより、これからどうするか、話し合おう」

腹立たしい気持を抑えきれないのか、声高に豪三が吠えた。

「どうもこうもない。恵比寿屋の乗っ取りをすすめるだけだ。去年は爺に邪魔されて、しくじった。今年もしくじったら、金主に見捨てられる。乗っ取りは、うまくいったら儲けが大きいが、仕掛けに金がかかる。金主は手放せない。くそ、爺さえいなければ」

いったんことばを切った豪三が、村田に目を向けて声を荒らげた。

「村田さん、爺をすぐ仕留めてくれ」

顔をしかめた村田が、気乗りしない口調でこたえた。

「やせていて小柄、みるからに貧相な奴だが、爺は剣の達人だ。度胸もいい。かなりの手練れを集めないと、こっちが斬られる。腕のいい浪人の助っ人代は高い。確実に爺を仕留めるには、金も時もかかる。すぐには無理だ」

「金は出す。大急ぎで手練れを集めてくれ」

一同に視線を流して、声高に豪三がつづけた。

「恵比寿屋はもう少しで乗っ取ることができる。爺さえ始末すれば、事はうまく運ぶんだ」

激したのか、憤怒の形相で豪三がわめいた。

「くそっ、あの爺だけは勘弁できねえ。必ず命をとってやる」

半ば呆れた雁七や村田たちが、困惑して豪三から目を背けた。

二

離れの、勝手の土間からつづく板敷の間で、お葉を取り囲んでお加代、お松、半次と啓太郎が座っている。

うつむいたまま黙り込んでいるお葉に、じれたようにお加代が迫った。

「何かいいなさいよ。あたしがどんな気持でいると思うの。いい加減にして」

きつい言い方だったが、声音には悲痛なものがこもっていた。

床に目を落としたまま、お葉は黙っている。

たまりかねて、半次が声を上げた。

「このまま、だんまりを決め込んでもいいんだぜ。ここに閉じ込めて、一歩も外へ出さないからな」

顔を近づけて、お葉を睨みつける。

啓太郎も声を高めた。

「一緒に歩いていた男は銀八だろう。あんたとあの男がわりない仲だってことは、すぐにわかったぜ。自慢できる話じゃないが、おれは年季の入った遊び人だ。そこらへんはお見通しよ」

口をはさんで、お松が告げる。

「旦那さまが帰ってきたら、裁きをつけてもらいましょう。旦那さまは二度も何者かに襲われている。旦那さまの気分次第で、今夜、すぐにここから追い出されるかもしれないよ」

お葉の肩が、ぴくり、と動いた。

顔を上げ、お松を見つめて言った。

「そんな、それだけは」

遮るように、お加代が甲高い声を上げる。

「いい加減にして、お葉ちゃん。あたしの立場も考えてよ。こんなことになって、あたしもここにはいられない。旦那さまは命を狙われたのよ。これ以上、迷惑をかけられない」

わきから、啓太郎と半次が同時に声をかけた。

「お加代ちゃんには罪はないよ」

「考えすぎだ」

お加代が叫んだ。

「あたしが頼み込んで、お葉ちゃんを雇ってもらったのよ。旦那さまに申し訳ない」

次の瞬間、お加代が手で顔を覆った。

「お加代ちゃん」

お松が声をかけたとき、裏口の戸が開けられた。

振り向いた一同の目に、入ってくる弥兵衛、つづいて足を踏み入れる紀一郎の姿が映った。

その場のただならぬ様子に、弥兵衛はおもわず足を止めた。

つられて紀一郎も立ち止まる。

顔をお松に向けて、弥兵衛が問いかけた。

「お加代が、男と歩いているお葉を見たのだな」

「そうです」

こたえたお松の傍らで、お加代が、

「申し訳ありませんでした」

と深々と頭を下げた。

「お葉は、男のことを何か話したのか」

誰に訊くともなく、弥兵衛が訊いた。

こたえたのは半次だった。

「それが、だんまりを決め込んでいるんで」

わきから啓太郎が言い添えた。

「顔に似ず、意外と図太いんで、手を焼いてます」

「そうか」

応じた弥兵衛が、紀一郎と顔を見合わせる。

「御上の威光をふりかざしましょうか」

小声で紀一郎が訊く。

うむ、と無言で弥兵衛が顎を引いた。

うなずき返した紀一郎が、板敷に歩み寄り、上がり端に足をかける。

厳しい顔で弥兵衛もならった。

向き合って片膝をついた紀一郎が、十手を引き抜き、お葉に突きつける。

「北町奉行所へ引き立てる。立て」

眼前に突きつけられた十手に、お葉は恐怖に目を見開いた。

縋る目で、お加代を見やる。

視線を受けたお加代がそっぽを向いた。

がっくり、とお葉が肩を落とす。

「立て」

紀一郎が、十手の先をお葉の額に押し当てる。

床に手をついたお葉が、喘ぐように言った。

「話します。包み隠さず話します。一緒に歩いていたのは銀八さんです」

かすかにざわめきが起こった。

お加代とお松、啓太郎と半次が顔を見合わせる。

鋭い眼差しで、弥兵衛はお葉を見据えた。

「ありていに白状するのだ」

厳しい音骨で、紀一郎が問いつめる。

焦点の定まらぬ、うつろな目でお葉が話し出した。

「あたし、銀八さんから『旦那さまの様子を探り、細かに知らせるように』と言われて、お加代ちゃんと幼馴染みだった縁を利用して、旦那さまのところに入り込んだんです。ほかのことは何にも知りません。なぜ旦那さまを探るのか、何度訊いても銀八さんはそのわけを話してくれなかった」

突然、お葉が床に伏した。隠すように、顔を床を押しつける。

声を殺して泣いているのか、躰(からだ)が小刻みに揺れていた。

そんなお葉を弥兵衛、お松、お加代、啓太郎と半次、紀一郎が名状し難い面持ちで見据えている。

三

自分の部屋に引き上げた弥兵衛は、これまで探索してわかったことを思い起こしていた。

喧嘩をして、太腿を匕首で刺された奉公人が近江屋江戸仮出店のなかにいるとの聞き込みは、証のひとつとするには難しいと弥兵衛は考えている。

なぜなら襲ってきた輩(やから)は、全員盗っ人被りをしていて、最後まで顔が分からなかった。

(匕首で刺された太腿の傷が、半次の匕首で刺されたものだと証明するのは、どう考えても無理だ。白状させるために強引に捕らえたら、町奉行所の落ち度になりかねない)

そう弥兵衛は断じた。

みんなから責め立てられ、一緒に歩いていた男は銀八だとお葉は白状した。が、それ以上のことは知らないようだった。

(なぜ銀八は、お葉をわしのところに送り込み、動きを探ろうとしたのだろう。去年わしが、深川の油問屋に柊屋の江戸仮出店が仕掛けた乗っ取りをしくじらせたこと、かかわりがあるかもしれぬ)

「柊屋か」

思わず口に出したその名が、弥兵衛に江戸仮出店の主人だった男の名を思い出させた。

（たしか豪三という名だった。豪三、豪三か。豪、まさか）

弥兵衛のなかで何かが弾けた。

次の瞬間……。

（梢風の主人の名は豪三郎だと、伊勢屋が言っていた。豪三、豪三郎。何度も話して、豪三の顔は知っている。客として見世に行き、主人に挨拶したい。顔を出してもらえないか、と仲居に銭を握らせるか）

次の瞬間、弥兵衛はその考えを打ち消していた。

裏口から梢風に入っていく銀八を、啓太郎と半次は見ている。

「梢風に住み込んで働いているんじゃないかと思います」

ふたりは口をそろえて言っていた。

（銀八をねたに騒ぎを起こすか）

腕を組んで、弥兵衛が空を見据えた。

思案している。

昨夜、かなり強引だが、此度（こたび）の一件を一気に落着させる手立てを思いついた弥兵衛は、半次とともに定火消屋敷へ向かった。

軟禁することにしたお葉は、啓太郎が見張っている。


定火消屋敷の一室で、弥兵衛は半次の育ての親でもある、人足頭の五郎蔵と向き合っていた。五郎蔵の斜め脇に半次が座っている。

「明日の暮六つに、堀江六軒町にある料理茶屋梢風に、人足たち二十人ほど引き連れて繰り込んでくれ。どんちゃん騒ぎをしてほしい。もちろん、飲み食い代はわしが払う」

座るなり、弥兵衛が切り出した。

予想もしなかった申し入れに驚いたのか、五郎蔵が、一瞬あっけにとられて黙り込んだ。

わずかの沈黙があった。

察したのか、にやり、として五郎蔵が訊いてきた。

「捕物ですか」

「そうだ」

こたえた弥兵衛に、親しげな笑みを浮かべて五郎蔵が言った。

「二つ返事で、引き受けさせてもらいます」

「ありがたい」

「なあに、おもしろがっている。それだけのことでさ」

目を半次に向けて、五郎蔵がことばを重ねた。

「半次、ただ酒を呑めなくて残念だな」

応じた半次が軽口をたたいた。

「親爺さんがただ酒を呑ませてくれることなんか、めったにない。盆と正月が一緒にきたようなもので。悔しいけど仕方がない。諦(あきら)めますよ」

苦笑いして、頭をかいた。

そんな半次を、微笑んで五郎蔵が見つめている。

ふたりのやりとりを、目を細めた弥兵衛が笑みを含んで眺めていた。

四

定火消屋敷を後にした弥兵衛は、半次に近江屋江戸仮出店を張り込むように指図し、

「明日は大捕物になるかもしれぬ。段取りを話し合いたい。暮六つには離れにもどってくれ」

と言い足した。

「わかりやした」

応じた半次とわかれて、弥兵衛は恵比寿屋へ向かった。

入ってきた弥兵衛を顔なじみになった手代が出迎え、津村がいる座敷へ案内した。

声をかけた弥兵衛が座敷に足を踏み入れると、津村と話していた恵比寿屋が声をかけてきた。

「不思議なことが起きています」

「不思議なこと？」

問い返した弥兵衛に、津村がこたえた。

「雁七がこないんです」

わきから恵比寿屋が言い添えた。

「いままで毎日のように顔を出していたのに。何か気味が悪いですね。何を考えているのか」

「相手がどう出るか、待つしかないですね。藪をつついて蛇を出す、という諺もあります。下手に動かないほうがいいでしょう」

「そうですね」

恵比寿屋がうなずいた。

顔を津村に向けて、弥兵衛が告げた。

「与力の松浦さまからの伝言があります。明日昼四つまでに北町奉行所に顔を出してくれ、と仰有っていました」

「承知しました」

そのやりとりに、恵比寿屋が焦った。

「それでは、明日は私ひとり。雁七がやってきたらどうしよう。弥兵衛さん、詰めてもらえませんか」

「無理です。明日は私も外せない用事があります」

「そうですか。仕方ないですね」

つぶやいて、恵比寿屋が肩を落とした。


その夜、弥兵衛は板敷の間へ啓太郎と半次、お松、お加代、お葉にまで声をかけて合議を開いた。

恵比寿屋から屋敷にもどってきた弥兵衛は、まず母屋へ行き、

「明日暮六つまでに、近江屋江戸仮出店へ出役してほしい」

との紀一郎への伝言を、千春に頼んでいる。

車座になった一同に視線を流して、弥兵衛が告げた。

「お松以外は、明日暮六つ前に、料理茶屋梢風の裏手に集まってくれ。お加代は吹針の腕を存分にふるってもらいたい」

無言で、お加代が大きくうなずいた。

「啓太郎には長脇差を貸す。後でおれの部屋にとりにきてくれ」

「わかりました」

啓太郎がこたえた。

「半次は、使い慣れた匕首を持ってくるのだ」

「探索しているときは、いつも匕首を呑んでおりやす」

半次が応じた。

顔をお葉に向けて、弥兵衛が告げた。

「お葉も連れて行く」

驚いたのか、お葉が大きく目を見開いて弥兵衛を見た。

一瞬、ざわめく。

見渡して、弥兵衛が告げた。

「銀八の本性を見極めるよい折りだ。わしは、そんな場面にお葉が出くわすことを願う。異論はないな」

一同が、無言でうなずいた。

翌日暮六つ（午後六時）、弥兵衛は梢風を見張ることができる町家の外壁に身を寄せていた。

いまごろ啓太郎と半次、お加代、お葉の四人は段取りどおり、裏口をのぞむことができる通り抜けに、身を隠しているはずだった。

暮六つを告げる時の鐘が鳴り始める。

やってくる多数の足音が聞こえた。

注いだ弥兵衛の目に、五郎蔵を先頭に歩いてくる定火消たちの姿が飛び込んできた。

梢風に五郎蔵たちが入っていく。

出てこないところを見ると、座敷へ案内されたのだろう。

梢風から三味線や鉦（かね）の音が聞こえてくる。どんちゃん騒ぎがはじまったのだろう。

夜五つ（午後八時）過ぎ、弥兵衛がいる通り抜けから見える屋根の上に出てきて、銚子（ちょうし）と杯を持った数人の定火消が酒盛りをはじめた。

昨日、弥兵衛と五郎蔵が話し合って決めた、
〈どんちゃん騒ぎが佳境に入ってきた。見世は忙しくなってきたようだ。梢風に乗り込んでもいい〉
という合図であった。
立ち上がった弥兵衛は、仕込み杖を握り直して通りへ出た。

梢風に入ってきた弥兵衛が、いきなり仕込み杖を振り回してわめいた。

「銀八という男がいるはずだ。わしはお葉の父親代わり。どんな了見でお葉と駆け落ちしたのか、話を訊きたい」

つかつかと廊下の上がり端に歩み寄り、仕込み杖で廊下を叩いて怒鳴った。

「銀八と会うまで、ここを動かん」

さらに仕込み杖で廊下を叩く。

奥から出てきた藤太が、

「そんな野郎はいない。帰ってくれ」

突っぱねる。

「しらばくれるな。銀八が入っていくのを見た者がいるんだ」

再び仕込み杖で廊下を叩く。

「何をする。廊下に傷がつくじゃないか、やめろ」

「銀八を出せ」

「そんな奴はいない。迷惑だ。出て行け」

弥兵衛と藤太が押し問答する。

ふたりとも一歩も譲る気配はない。

帳場の奥にある座敷で、豪三が銀八と向き合って座っている。

「爺が乗り込んできて、下手な芝居をしている。面倒なことになる前に、裏から逃げろ。近江屋江戸仮出店で待っているんだ。おれも後から行く」

「わかりやした」

身軽い動きで銀八が立ち上がった。

裏口の潜り戸がなかから開き、銀八が出てくる。

ぐるりに警戒の視線を走らせた。

人の姿がないのをたしかめて、銀八が歩き出す。

そんな銀八の前に、町家の陰から出てきた半次が立ち塞がる。

後じさった銀八に、背後から啓太郎が躍(おど)りかかった。

羽交(はが)い締めにする。

「待ち伏せをしていたのか」

逃れようともがく銀八に女の声がかかる。

「銀八さん」

声の方に目を向ける。

その目が大きく見開かれた。

半次の背後に、お加代から腕をつかまれたお葉の姿がある。

「お葉、おれを売りやがったな」

わめいた銀八に、お葉が叫ぶ。

「逃げて」

次の瞬間、お葉がお加代に躰をぶつけて手をふりほどく。

驚いた半次のわきをすり抜けて、銀八に駆け寄った。

あっけにとられた啓太郎の虚をついて、銀八が肘打ちをくれる。

呻(うめ)いた啓太郎が、後方によろける。

「銀八さん」

縋りついたお葉の首に手を回し、銀八が絞めあげる。

「苦しい。銀八さん、何するの」

もがくお葉に、懐に呑んでいた匕首を抜き放って、銀八が突きつける。

「くるな。近寄ったらお葉の命はないぞ」

息を呑んだお葉が、横目で銀八を見ながら喘ぐ。

「銀八さん、なぜこんなことを」

せせら笑った銀八が、

「乗っ取りにしくじって江戸を追われ、元々やっていた大工の腕を売り込んで、流れ大工として雇われた。近くの煮売屋へ朝晩の惣菜を買いに行くうちに、おめえの馴染みの娘が北町奉行所前にある腰掛茶屋で働いていることを知った。休みの日に、名を変えて料理茶屋梢風の主人におさまっているお頭に会いに行き、おめえのことを話したら」

「嘘。そんなこと信じない。嘘だと言って」

悲鳴に似た声で、お葉が叫んだ。

首を絞めた手に力を込め、銀八が薄ら笑う。

「嘘じゃねえ。お頭は『色仕掛けでその女をものにして、乗っ取りの邪魔をした爺のところへ潜り込ませ、動きを探らせろ』と命じた」

苦しげに喘ぎながら、お葉が絞りだすような声で訊く。

「それじゃ銀八さんは、あたしのことなんか」

鼻で笑って、銀八が告げた。

「惚れてなんかいねえ。爺を始末したら、どこぞの岡場所へ叩き売って一儲けする気で相手をしていたんだ」

悲痛な声でお葉が哀願する。

「嘘だ。お願い。みんな嘘だと言って。お願いだから」

匕首をお葉の頬に押しあてて、銀八が吠えた。

「嘘じゃねえ。いい人質をとった。どんなことをしても逃げてみせる。どけ。おれの言うとおりにしろ。でなきゃ、この女を殺すぞ」

首に手を回し、匕首をお葉につきつけたまま、銀八が歩を移した。

身構えた半次と啓太郎が、隙を窺う。

お葉のすすり泣きだけが、その場を支配していた。

油断のない視線を走らせながら、銀八が半次のそばを通り過ぎる。

その瞬間、風切り音が響いた。

げっ、と呻いた銀八が、匕首を取り落とし、お葉の首に回していた手を離してよろける。

「目に、目に」

たたらを踏みながら銀八が、逃れようとして両手を振り回した。

見ると、銀八の右目に針が突き立っている。

暗がりのなかから、吹針の筒を口にあてたまま、お加代が現れた。

状況をさとった啓太郎と半次が、銀八に飛びかかる。

もつれ合った三人が、地に倒れ込んだ。

もがく銀八を、ふたりがかりで取り押さえる。

地に伏したまま顔をもたげたお葉が、じっと銀八を見ている。

筒を懐に押し込んだお加代が、お葉に歩み寄った。

「お葉ちゃん」

声をかけたお加代が膝を突いて、お葉を抱え起こし、抱きしめる。

「お加代ちゃん、あたし、あたし」

譫言(うわごと)のようにつぶやき、お葉が泣きじゃくる。

無言でお加代が、さらに強くお葉を抱きしめた。

なぜかその目が、潤んでいる。

五

梢風の裏口の潜り戸が細めにあいている。

隙間から、豪三がのぞき込むようにして、引き立てられていく銀八を見つめていた。

一行が遠ざかっていくのを見届けた豪三が、潜り戸から出てくる。

周りに警戒の視線を走らせながら、早足で歩き去っていく。

近江屋江戸仮出店に、血相変えて駆け込んできた豪三に雁七たちが、

「どうしました」

と問いかけた。

血走った目で、豪三が吠える。

「銀八が捕まった。もろいところがある野郎だ。爺を襲ったこと、恵比寿屋に乗っ取りを仕掛けていることなど、悪さの数々をあらいざらい白状するだろう。早くずらかろう」

焦って、雁七が応じた。

「わかった。すぐ支度する」

村田や手下たちが、大きく顎を引いた。

旅支度をととのえた雁七が、裏口の潜り戸から出てくる。

周囲を見渡して、裏口へ声をかけた。

「人の目はない。出てきても大丈夫だ」

その声に応じるように、潜り口から豪三が、つづけて村田ら浪人数人、手下たち数人が出てくる。いずれも旅姿だった。

「この場で散る。渡した分け前を使い切る前に次の仕掛けにかかるつもりだ。おれがどこに本拠を定めたかは、いつものように絵馬の裏に書いて、湯島天神(ゆしまてんじん)の絵馬掛けにかけておく。二カ月後には本拠を定めるつもりだ」

一同が無言でうなずく。

「しばしのお別れだ。また会おう」

不敵な笑みを浮かべて告げた豪三が、ことばを継いだ。

「行くぜ」

一同に背中を向ける。

まず豪三が、それぞれが数歩行ったところで足を止めた。

驚愕に顔をゆがめている。

潜んでいた北町奉行所の手の者が、町家の陰から走り出て、行く手を塞ぐように挟み撃ちの陣形をとったからだ。

豪三の前を遮る捕方たちの先頭に、出役姿の紀一郎がいる。

一味を挟んで向こう側の捕方たちの、先鋒をつとめているのは津村だった。

十手を突きつけ、紀一郎がよばわる。

「北町奉行所の手の者である。いさぎよく縛につけ」

観念したのか、薄ら笑いを浮かべた雁七が豪三に話しかける。

「捕方の数が半端じゃねえ。駄目だ。これじゃ逃げ切れない。年貢の納め時だぜ」

おのれを嘲るようにせせら笑って、豪三が応じた。

「そうらしいな、じたばたしても仕方がねえか」

その場に腰を下ろした豪三が、ふてくされて胡座をかく。

雁七や手下たちも、豪三にならう。

大刀の柄に手をかけて身構えていた村田ら浪人たちが、顔を見合わせた。

うむ、と強く顎を引いた村田が、腰から大小二刀を引き抜いて投げ捨てる。

渋面をつくった浪人たちが村田にならった。

すかさず紀一郎が声をかける。

「浪人どもは、捨てた大小二刀から離れるのだ。一跳びしても届かぬところまで遠ざかって胡座をかけ。抗ったら、容赦なく斬り捨てる」

十手を腰にさし、大刀を抜き放った。

出役した津村ら同心たちも、大刀を抜き連れる。

浪人たちが胡座をかいたのを見届けて、紀一郎が下知した。

「縄をかけろ」

縄を手にした捕方たちと寄棒を小脇に抱えた捕方たちが二人一組になって、豪三たちに駆け寄る。

捕方たちが、豪三たちに次々と縄を掛けていった。

その様子を、紀一郎が厳しい目で見据えている。

六

三日後、白はた稲荷の境内で弥兵衛、中山、紀一郎に津村、啓太郎が円陣を組んでいた。

円のなかにひとりの男が立っている。

男は豪三だった。

「本当にくるんだろうな、呼び出した相手は」

問いかけた中山に、豪三がこたえた。

「必ずくる。呼び出しの文には、こなければ、いままでふたりでやった大店乗っ取りの経緯を、あらいざらい白状すると書いておいた。乗っ取りの元手は、金座に留保されていた金を一時的に流用したもんだ。表沙汰になったら、ただじゃすまない」

わきから紀一郎が声をかけた。

「ここ十年間に区切って調べてみたら、乗っ取られたと思われる大店が八店あった。すべておまえが仕掛けたのか」

ふてぶてしい笑みを浮かべて、豪三が応じた。

「こう見えても、腕はいいほうでね。乗っ取りは仕掛けられている店だけが大変なだけで、表沙汰になりにくい。主人が替われば、大儲けできる店があちこちにある。まわりが気づかないだけだ。私は、いまのままでは見通しのたたない店を、儲かる店に変える手伝いをしているだけさ」

弥兵衛に目を向けて、ことばを重ねた。

「旦那さえいなければ、しくじることはなかったんですが。仕掛けの途中で、しつこく調べられたら、どうしてもほころびが生じてくる。まいりました」

「悪かったな。しつこくて」

苦笑いして、弥兵衛が応じた。

真顔になって、豪三が弥兵衛に訊いた。

「ほんとうに罪一等を減じてくれるんでしょうね」

「わしを殺そうと浪人たちを差し向けたことは忘れてやる。そうなれば、どんなに悪くとも死罪は免れる。中山殿、そうですね」

念を押した弥兵衛に中山がこたえた。

「年番方与力として請け負う。ただし、金座人勘定役山田小三郎捕縛に助力したことが明らかになってからの話だ」

不満そうに豪三が口答えした。

「山田さまを、ここ白はた稲荷に呼び出しました。十分手助けしていると思いますがね」

話をそらすように弥兵衛がつぶやいた。

「そろそろくるころだ。見張りに出ている半次も、さぞ待ちくたびれているだろう」

白はた稲荷の北側には、神田堀に沿った七丁ほどの長さの土手がのびている。南側の土手は、わずかの隔たりで竜閑橋（りゅうかん）のたもとへの通じていた。

足音が聞こえた。

境内に駆け込んできた半次が声を上げた。

「きました」

一同に弥兵衛が告げた。

「隠れよう」

一斉に社殿の裏手の土手に向かって走り、一同が身を潜めた。

社殿の前に豪三が立っている。

仏頂面で、山田が白はた稲荷の赤い鳥居をくぐり抜けた。

目を尖らせて、豪三が文句を言う。

「山田さま、遅いじゃないですか。こないかと思って苛立（いらだ）ちましたぜ」

冷えた目で山田が応じた。

「乗っ取り屋一味が捕らえられた、という噂を耳にした。うまく逃げられたようだな」

「捕まったのは、鈍な奴らだけでして。私は、つねに逃げる道筋を考えています。どじは踏みません」

「金の無心か」

問いかけた山田の音骨に、厭味（いやみ）なものが籠もっていた。

気づかぬ風を装って、豪三がこたえる。

「逃げるには金が必要です。少なくとも百両、いただきたいのですが」

「いいだろう。金を渡す。そばに寄れ」

「私と旦那は一蓮托生（いちれんたくしょう）。これからも仲良くお願いしますよ」

近寄った豪三を見据えて、山田が吠えた。

「金がわりの鋼（はがね）、受け取れ」

目にもとまらぬ動きで大刀の柄をつかんだ山田が、豪三に抜き打ちをくれようとした。

その瞬間……。

飛来した小柄が山田の手に突き立った。

よろけて、山田が大刀を取り落とす。

社の後方から躍り出た紀一郎と津村、啓太郎と半次が、一斉に山田に飛びかかった。

取り押さえる。

小柄を構えたまま、弥兵衛が社のわきから現れた。

ならんで出てきた中山が、紀一郎たちに引き据えられた山田に告げる。

「北町奉行所年番方与力中山甚右衛門である。勘定奉行様はじめ、しかるべき筋への手続きを終えた上での捕縛だ。取調べも北町奉行所にまかされた。山田小三郎、おぬしには数々の疑惑がある。容赦はせぬ。覚悟しておけ」

寄ってたかって地面にねじ伏せられ、顔を上げて中山と弥兵衛を睨みつけていた山田が、がっくりと首を垂れた。

七

離れの一間で、弥兵衛がお加代、お松、お葉と向かい合っている。一件が落着し、啓太郎は住まいに、半次は定火消屋敷に帰っていた。

いきなりお葉が両手をついた。

額が畳に触れるほど、深々と頭を下げる。

「千住宿にはもどれません。お願いします。茶屋で働かせてください。このまま、ここにおいてください」

黙したまま弥兵衛は、じっとお葉を見つめている。

梢風の裏口近くで起きたことを、啓太郎と半次、お加代の三人から弥兵衛もお松も聞いていた。

「そうか」

こたえたきり弥兵衛は何も言わずに、お葉を離れに住まわせていたが、茶屋では働かせなかった。

恵比寿屋乗っ取りの一件が、昨日落着している。

そして、今夜、弥兵衛がお松たちに呼び出しをかけたのだった。

（お葉ちゃんについての話し合いに違いない。旦那さまは、どんな裁きをつけられるのだろう）

不安な思いを抱いて、お加代は話し合いに加わっている。

座ったときから、お葉は青ざめていた。

思いつめた顔をしている。

お葉がどんな気持で座についているか、わかるような気がした。しかしお加代は、いまだにどうしたらいいか迷っている。

五つのころ、隅田川の岸辺で追いかけっこをした日のことを、先夜お加代は、お葉を抱きしめたときに、突然思い出していた。

その日以来、脳裏に幼い日の出来事が焼きついている。

あのとき、お加代が追いかける番でお葉は逃げる番だった。岸辺を逃げていたお葉が、草の根に足を取られて転がった。

勢いあまって転がりつづけ、躰半分川にはまった。

「お葉ちゃん」

声を上げて駆け寄ったお加代が、呆けたように身動きしないお葉を川から引きずりだした。

お葉の着物は濡れて、泥にまみれている。

「大丈夫」

お加代が声をかけた途端、お葉が泣き出した。

「着物を汚した。おっ母さんに叱られる」

火のついたような泣き方だった。

困り果てたお加代は、

「お葉ちゃん、大丈夫。お葉ちゃん、大丈夫だよ」

と繰り返しながら、肩を抱きしめてやることしかできなかった。

いま、この瞬間、お加代の脳裏に、その日のことが鮮明に浮かび上がっていた。

ちらり、とお松に目を走らせる。

沈んだ顔で、うつむいていた。

（お松さんも迷っているんだ。あたしも、どうしたらいいかわからない。けど、だけど、いま突き放したら、お葉ちゃんはどうなる？）

自分に問いかけたとき、お加代は思わず両手をついていた。

声高に言ってもいた。

「銀八の本心がわかって、お葉ちゃんは変わりました。もう一度、面倒を見てやってください。お願いします。本当に、お願いします」

深々と頭を下げる。

縋るような眼差で、お松が弥兵衛を見つめる。

その目をしかと受け止めて、弥兵衛が口を開いた。

「お葉、幼馴染みを思うお加代の気持ちに免じて、このまま住み込んで茶屋で働いていいぞ。お松やお加代と仲良くするんだ」

顔を上げて弥兵衛を見つめたお加代とお葉が、

「旦那さま、ありがとうございます」

「恩に着ます。一所懸命、働きます」

ほとんど同時に言い、再び深々と頭を下げた。

涙ぐんで、お松が弥兵衛を見つめる。

笑みを浮かべ、弥兵衛が黙ってうなずいた。


翌朝、茶屋でお松、お加代とお葉が忙しく立ち働いている。

その様子を縁台にならんで座った啓太郎とお郁、少し離れて腰掛けた半次が眺めている。

申し訳なさそうに啓太郎が話しかける。

「おっ母さん、お払い箱になっちまったね」

「元の鞘におさまったんだ。よかったじゃないか。あたしは、すぐ急ぎの仕立てにかからなきゃいけない。仕事がたまってるんだ。帰るよ」

腰を浮かせたお郁に、啓太郎が応じた。

「おれは、もう少しここにいるよ」

「じゃあ、行くよ」

曖昧（あいまい）な笑みを浮かべて、お郁が立ち上がる。

「ほんとに、行くよ」

「何だよ、早く行きなよ。忙しいんだろう」

「そうだね。仕事がね。大変なんだよ」

無理矢理微笑んで、お郁が啓太郎に背中を向けた。

歩き去る。

茶屋に目を向けたまま、啓太郎はお郁にことばをかけなかった。

そばにきて座った半次が声をかける。

「いいのか、おっ母さん、寂しそうだったぜ」

「一緒にいないほうがいいのさ。いると、口うるさくてしょうがない」

どこか投げやりな、啓太郎の物言いだった。

「そんなものかな」

「そんなものさ」

わずかの間があった。

「いなきゃ、なんか寂しくて、いたらうるさい。親なんて、そんなものかもしれねえな」

しみじみとした口調で半次がつぶやいた。

「そうさ。そのとおりだ」

あっけらかんとした口ぶりとは裏腹に、神妙な顔つきで啓太郎が応じた。

茶屋の板場では、弥兵衛が安倍川餅づくりに励んでいた。

湯通しした餅に、黄な粉をまぶし、砂糖をかける。

箸（はし）でつまみ、口に運んで食べた。

じっくりと味わう。

首をひねった。

（つきたての餅に、同じ量の黄な粉をまぶし、砂糖をかけた安倍川餅の味にかなり近づいた、もう少しだ。やはり、湯通しの仕方に、いい味になるこつがあるようだ。湯通しのやり方を極めなきゃ）

皿に載せてある安倍川餅を、もうひとつ口に入れる。

食べ終わり、ため息をついた。

さらにひとつ、安倍川餅を手でつまんで、口に放り込む。

食べながら、弥兵衛が渋い顔をして、自信なげに首を傾げた。
うむ、と呻いて、ぼんやりと空を眺めている。

本書は書下ろしです。

実業之日本社文庫 よ59

北町奉行所前腰掛け茶屋　朝月夜

2021年12月15日　初版第1刷発行

著　者　吉田雄亮

発行者　岩野裕一
発行所　株式会社実業之日本社
〒107-0062　東京都港区南青山5-4-30
emergence aoyama complex 2F
電話［編集］03(6809)0473［販売］03(6809)0495
ホームページ　https://www.j-n.co.jp/
ＤＴＰ　ラッシュ
印刷所　大日本印刷株式会社
製本所　大日本印刷株式会社

フォーマットデザイン　鈴木正道（Suzuki Design）

ISBN978-4-408-55707-6（第二文芸）